INDIGNAÇÃO

PHILIP ROTH

INDIGNAÇÃO

Tradução
Jorio Dauster

COMPANHIA DE BOLSO

Grafia atualizada segundo o Acordo Ortográfico da Língua Portuguesa de 1990, que entrou em vigor no Brasil em 2009.

Título original
Indignation

Capa
Jeff Fisher

Preparação
Maria Cecília Caropreso

Revisão
Renato Potenza Rodrigues
Giovanna Serra

Dados Internacionais de Catalogação na Publicação (CIP)
(Câmara Brasileira do Livro, SP, Brasil)

Roth, Philip
Indignação / Philip Roth ; tradução Jorio Dauster. — 1ª ed. — São Paulo : Companhia de Bolso, 2017.

Título original: Indignation.
ISBN 978-85-359-2920-1

1. Ficção norte-americana I. Título.

17-03652 CDD-813

Índice para catálogo sistemático:
1. Ficção : Literatura norte-americana 813

2017

EDITORA SCHWARCZ S.A.
Rua Bandeira Paulista, 702, cj. 32
04532-002 — São Paulo — SP
Telefone: (11) 3707-3500
www.companhiadasletras.com.br
www.blogdacompanhia.com.br

Para K. W.

Olaf (upon what were once knees)
does almost ceaselessly repeat
"there is some shit I will not eat"

[Olaf (apoiado sobre o que um dia haviam sido os joelhos)
repete quase sem cessar
"não vou comer toda esta merda, não"]

E. E. CUMMINGS,
"i sing of Olaf glad and big"
[eu canto Olaf alegre e grande]

SUMÁRIO

SOB O EFEITO DA MORFINA

Cerca de dois meses e meio depois que as bem treinadas divisões da Coreia do Norte, armadas pelos comunistas soviéticos e chineses, atravessaram o paralelo 38 e penetraram na Coreia do Sul em 25 de junho de 1950, dando início às agonias da Guerra da Coreia, eu entrei para a Robert Treat, uma pequena universidade no centro de Newark que devia seu nome ao homem que fundou a cidade no século XVII. Fui a primeira pessoa de nossa família a entrar para a universidade. Nenhum de meus primos tinha ido além do ginásio, nem meu pai ou seus três irmãos haviam completado o primário. "Trabalhei para ganhar a vida", disse-me meu pai, "desde os dez anos." Ele era açougueiro e eu fazia as entregas de bicicleta no bairro durante todo o tempo em que cursei o ginásio, exceto quando jogava beisebol e nas tardes em que participava das disputas com outros colégios como membro da equipe de debatedores. Praticamente desde o dia em que deixei o açougue — onde vinha trabalhando para ele sessenta horas por semana desde a formatura no ginásio, em janeiro, até o início das aulas na universidade, em setembro —, quase a partir do dia em que comecei a frequentar a Robert Treat, meu pai passou a ter medo de que eu morresse. Talvez seu medo tivesse algo a ver com a guerra, na qual as Forças Armadas dos Estados Unidos haviam entrado imediatamente, sob os auspícios da ONU, para auxiliar o exército sul-coreano, mal treinado e mal equipado; talvez tivesse a ver com as pesadas perdas sofridas por nossas tropas diante do poder de fogo dos comunistas, e seu receio de que, se o conflito durasse tanto quanto a Segunda Guerra Mundial, eu seria recrutado pelo Exército para lutar e morrer nos campos de batalha da Coreia como meus primos Abe e Dave haviam morrido durante a Segunda Grande Guerra. Ou talvez o medo se devesse a suas preocupações financeiras: no ano anterior, com a abertura do primeiro supermercado do bairro a poucas quadras do açougue *kosher* de nossa família, as vendas começaram a cair sem parar. Isso se deveu ao fato de que a seção de carnes e de aves do supermercado oferecia preços inferiores aos de meu pai, mas também ao declínio geral no número de famílias que, após a guerra, se davam ao trabalho de obedecer às normas alimentares judaicas, comprando carne e galinhas numa loja certificada por rabinos e cujo proprietário era membro da Federação dos Açougueiros *Kosher* de New Jersey. Ou, quem sabe, seu medo por mim começou como um medo por ele próprio, porque, aos cinquenta anos, tendo gozado de excelente saúde a vida toda, aquele robusto homenzinho passou a exibir uma tosse sufocante e persistente que, apesar das preocupações que causava em minha mãe, não o impedia de manter um cigarro aceso no canto da boca o dia inteiro. Seja qual for a causa ou combinação de causas que alimentaram a mudança abrupta num comportamento paterno até então benevolente, ele manifestava seu medo me perseguindo noite e dia para saber do meu paradeiro. Onde é que você foi? Por que não estava em casa? Como posso saber onde você está quando vai para a rua? Você é um rapaz com um futuro magnífico à sua frente, como posso saber se não está se metendo em lugares onde pode acabar sendo morto?

As perguntas eram ridículas porque, desde os tempos do ginásio, eu era um estudante prudente, responsável, diligente, cioso, com notas excepcionais, que só saía com as moças mais bem-comportadas; além disso, era um debatedor dedicado e um jogador de beisebol capaz de ocupar várias posições em torno das bases, aceitando de bom grado as normas de conduta aplicadas aos adolescentes da vizinhança e do colégio. As perguntas eram também irritantes — como se o pai com quem eu tinha convivido tão de perto durante todos aqueles anos, praticamente crescendo ao lado dele no açougue, não tivesse a mínima ideia de quem era seu filho e de como ele era. Na loja, os fregueses faziam a alegria dele e de minha mãe ao falar do prazer que sentiam em ver como o garotinho para quem costumavam trazer doces — naqueles tempos em que seu pai o deixava brincar com um pedaço de gordura para cortá-lo como se fosse um "grande açougueiro" embora usando uma faca sem corte — se transformara diante de seus olhos num jovem educado e bem-falante que moía a carne para eles, que espalhava e varria a serragem no chão, que arrancava zelosamente as penas que ainda restavam no pescoço das galinhas penduradas por ganchos à parede quando seu pai lhe dizia: "Markie, capricha aí em duas galinhas para a senhora fulana de tal". Nos sete meses anteriores à minha entrada na universidade, ele me deu mais do que carne para moer e algumas galinhas para aprontar. Ensinou-me a pegar uma costela de cordeiro e separar as costeletas, talhando cada uma e, ao atingir o fundo, usar o cutelo para afastá-las do resto. E me ensinava sempre da forma mais tranquila. "É só não acertar sua mão com o cutelo e tudo bem", dizia. Ensinou-me a ser paciente com os fregueses mais exigentes, em especial com aqueles que precisavam ver a carne de todos os ângulos antes de comprá-la, com aqueles para os quais eu tinha de erguer a galinha para que literalmente olhassem o cu da ave a fim de se certificarem de que estava limpo. "Você não acredita o que algumas dessas mulheres te obrigam a fazer antes de comprar uma galinha", ele explicava. E aí as imitava: "Vira ela. Não, pro *outro* lado. Deixa eu ver a parte de trás". Cabia-me não apenas depenar as galinhas mas também eviscerá-las. Faz-se um corte para abrir um pouco a cloaca, enfia-se a mão e agarram-se as vísceras puxando-as para fora. Eu odiava essa parte. Nauseabunda e repugnante, mas tinha de ser feita. Foi isto que aprendi com meu pai e o que adorei aprender com ele: que a gente faz o que tem de fazer.

Nossa loja ficava na avenida Lyons, em Newark, um quarteirão depois do Hospital Beth Israel. Na vitrine havia uma espécie de prateleira larga, ligeiramente inclinada na direção da calçada, onde se podia pôr gelo. Um caminhão passava todos os dias e nos vendia gelo picado, que espalhávamos na prateleira e sobre o qual exibíamos cortes de carne que podiam ser vistos pelos transeuntes. Durante os sete meses em que trabalhei lá em regime de tempo integral antes de ir para a universidade, eu me encarregava de arrumar a vitrine. "Marcus é o artista", dizia meu pai quando alguém comentava o arranjo. Eu punha tudo à mostra. Carne para bifes, galinhas, pernil de cordeiro — tudo o que tínhamos era posto na vitrine, formando arranjos "artísticos". Eu pegava samambaias na loja de flores em frente ao hospital e enfeitava com elas os produtos exibidos. E não me limitava a cortar e vender a carne ou arrumar a vitrine com o material disponível: durante aqueles sete meses em que substituí minha mãe como ajudante de meu pai, eu o acompanhava bem cedo pela manhã ao mercado de vendas no atacado, onde aprendi também a comprar. Ele ia lá uma vez por semana, às cinco, cinco e meia da manhã, porque, se a gente fosse ao mercado, escolhesse a carne, a levasse até a loja e pusesse na geladeira, poupava o pagamento do entregador. Comprávamos um quarto inteiro de boi ou vaca, comprávamos um quarto dianteiro de cordeiro para fazer costeletas, comprávamos um vitelo, comprávamos alguns fígados de boi, comprávamos algumas galinhas e fígados de galinha, e também comprávamos miolos, porque um ou outro freguês sempre pedia. O açougue abria às sete da manhã e trabalhávamos até as sete, oito da noite. Aos dezessete anos, eu era jovem e cheio de energia, gostava de trabalhar, mas por volta das cinco da tarde me sentia acabado. E lá estava ele, ainda a toda, jogando quartos dianteiros de mais de quarenta quilos nas costas a fim de pendurá-los num gancho da geladeira. Lá estava ele, cortando e fatiando com as facas, talhando com o cutelo, ainda atendendo a novos pedidos às sete, quando eu me encontrava à beira de um colapso. Mas minha última função antes de irmos para casa era limpar os cepos, jogar serragem neles e depois raspá-los com a escova de ferro. Reunindo as forças que ainda me restavam, eu retirava todo o sangue para manter o local *kosher*.

Lembro-me desses sete meses como um tempo maravilhoso — maravilhoso exceto pelas horas em que tinha de eviscerar as galinhas. E até isso era de certo modo maravilhoso, por ser alguma coisa que eu fazia, e fazia bem, mesmo não gostando de fazer. Havia, portanto, uma lição em fazê-lo. E eu amava as lições — quanto mais, melhor! E amava meu pai, e ele a mim, mais do que em qualquer outra época de nossa vida. Eu preparava nosso almoço na loja, o dele e o meu. Não apenas almoçávamos lá, mas também era lá que cozinhávamos numa pequena grelha no quarto dos fundos, junto ao lugar onde cortávamos e preparávamos a carne. Eu grelhava fígados de galinha e bifes de fraldinha para nós dois, e nunca fomos tão felizes juntos. No entanto, logo depois começou a luta destrutiva entre nós. Onde é que você foi? Por que não estava em casa? Como posso saber onde você está quando vai para a rua? Você é um rapaz com um futuro magnífico à sua frente, como posso saber se não está se metendo em lugares onde pode acabar sendo morto?

Durante aquele outono em que comecei a cursar o primeiro ano da Robert Treat, achava que meu pai tinha enlouquecido quando trancava por dentro as portas da frente e de trás. Não podendo abri-las com minhas chaves, eu tinha de esmurrar uma das portas para que me deixassem entrar se chegasse em casa à noite vinte minutos depois da hora em que ele achava que eu devia ter chegado.

E o que tinha enlouquecido meu pai era a preocupação de que seu adorado filho único estivesse tão despreparado para os perigos da vida quanto qualquer outra pessoa prestes a se tornar um adulto; enlouquecido ao fazer a assustadora descoberta de que um menino cresce, fica alto, supera seus pais, e que não é mais possível mantê-lo sob controle, que é necessário cedê-lo ao mundo.

Abandonei a Robert Treat ao final de um único ano. Fui embora porque, de repente, meu pai não tinha mais confiança nem ao menos na minha capacidade de atravessar a rua sozinho. Fui embora porque a vigilância de meu pai se tornara insuportável. A expectativa de que eu viesse a ser independente fez com que aquele homem antes tranquilo, que só de raro em raro perdia a paciência com alguém, desse a impressão de que tencionava cometer alguma violência caso eu ousasse desapontá-lo, enquanto eu — cujo pendor para a frieza dos lógicos me transformara no esteio da equipe de debate do colégio — terminava urrando de frustração diante de sua ignorância e irracionalidade. Tinha de me afastar dele antes que o matasse — foi o que disse, enfurecido, à minha perturbada mãe, que agora se via tão inesperadamente incapaz de influenciá-lo quanto eu.

Certa noite cheguei em casa por volta das nove e meia vindo de ônibus do centro da cidade. Havia estado na maior sucursal da Biblioteca Pública de Newark porque a Robert Treat não tinha sua própria biblioteca. Saíra de casa às oito e meia da manhã e passara o dia assistindo aulas e estudando. A primeira coisa que minha mãe disse foi: "Teu pai saiu para te procurar". "Por quê? Onde é que ele está procurando?" "Foi para um salão de sinuca." "Nem sei jogar sinuca. O que é que ele está pensando? Droga, eu estava estudando. Precisava escrever um ensaio. Estava lendo. O que mais ele pensa que eu faço dia e noite?" "Ele estava conversando com o senhor Pearlgreen sobre o Eddie e ficou todo nervoso por sua causa." Eddie Pearlgreen, cujo pai era nosso encanador, se formara comigo no ginasial e tinha ido cursar uma universidade em Panzer, East Orange, porque queria ser professor de educação física. Eu havia jogado beisebol com ele desde criança. "Só que eu sou eu; não sou o Eddie Pearlgreen", eu disse. "Mas você sabe o que ele fez? Sem dizer nada a ninguém, pegou o carro do pai e dirigiu até a Pensilvânia, até Scranton, para jogar sinuca num salão especial que tem lá." "Mas Eddie é quase um jogador profissional de sinuca. Não me surpreende que tenha ido até Scranton. Eddie não consegue escovar os dentes de manhã sem pensar em sinuca. Não me surpreenderia que fosse à lua para jogar sinuca. Com gente que não o conhece, Eddie finge que joga no nível deles e depois lhes dá uma surra de criar bicho por vinte e cinco dólares cada partida." "Ele vai acabar roubando carros, foi o que o senhor Pearlgreen disse." "Ah, mamãe, isso é ridículo. O que quer que o Eddie faça não tem nada a ver comigo. E *eu* vou acabar roubando carros?" "Claro que não, meu querido." "Não gosto desse jogo de que o Eddie gosta, não gosto do tipo de ambiente de que ele gosta. Mamãe, não me interesso por gente e lugares de baixo nível. Me interesso pelas coisas que são importantes. Não quero nem passar na porta de um salão de sinuca. Ah, olha, já chega de explicar o que eu sou e o que não sou. Não vou me explicar nem mais uma vez. Não vou fazer uma lista de minhas qualidades para ninguém ou mencionar a droga do meu senso de dever. Não aceito me submeter nem mais uma vez a essa porcaria ridícula e absurda!" Ao que, como se obedecendo a um roteiro teatral, meu pai entrou em casa pela porta dos fundos, ainda muito excitado, fedendo a fumaça de cigarro, e agora furioso não por me haver encontrado num salão de sinuca, mas por não me haver encontrado lá. Não lhe teria passado pela cabeça ir até o centro da cidade e me procurar na biblioteca pública — e isso porque, na biblioteca, ninguém quebra sua cabeça com um taco de sinuca por você se fazer de bobo para ganhar dinheiro, nem o ameaça com uma faca porque você está lendo um capítulo do *Declínio e queda do Império Romano*, de Gibbon, por recomendação do professor, como eu havia estado desde as seis da tarde.

"Então aqui está você", ele anunciou. "Estranho, não é? Em casa. Eu durmo aqui. Vivo aqui. Sou seu filho, lembra-se?" "É mesmo? Estou procurando você por toda a parte." "Por quê? Por quê? Gostaria que alguém, por favor, me dissesse por que 'por toda a parte'." "Porque, se acontecesse qualquer coisa com você, se alguma coisa um dia vier a acontecer com você..." "Mas não vai acontecer nada, papai, não sou esse terror dos diabos que joga sinuca, o Eddie Pearlgreen! Não vai acontecer nada." "Ora bolas, sei que você não é ele. Sei melhor do que ninguém que dei sorte com meu filho." "Então, papai, qual é a razão para tudo isso?" "A razão é a vida, onde o menor passo em falso pode ter consequências trágicas." "Ah, meu Deus, você fala como se fosse uma cartomante." "Ah, é? Falo? Não como um pai preocupado mas como uma cartomante? É isso que eu pareço quando estou falando com meu filho sobre o futuro que ele tem à sua frente e que qualquer coisa pode destruir, a menor coisinha?" "Ah, quero que se dane!", gritei e saí correndo de casa, pensando onde poderia achar um carro para roubar e ir até Scranton jogar sinuca e talvez, de passagem, pegar uma gonorreia.

Mais tarde, soube por minha mãe tudo o que acontecera naquele dia, como o senhor Pearlgreen tinha vindo de manhã consertar a privada nos fundos da loja e deixado meu pai matutando até a hora de fechar sobre a conversa que haviam tido. Deve ter fumado três maços de cigarro, ela me disse, porque estava muito agitado. "Você não sabe como ele tem orgulho de você. Todo mundo que entra na loja é um tal de 'o meu filho só tira nota 10. Nunca nos dá nenhuma tristeza. Nem precisa olhar os livros, é automaticamente 10'. Querido, ele te elogia sem parar quando você não está presente. Precisa acreditar nisso. Vive se vangloriando de você." "Mas quando *estou* presente ele só fala desses medos malucos, e já não aguento mais ouvir essas coisas, mamãe." Minha mãe disse: "Mas, Markie, eu ouvi ele dizer ao senhor Pearlgreen: 'Agradeço a Deus que não tenho de me preocupar com essas coisas no caso do meu menino'. Eu estava lá com ele na loja quando o senhor Pearlgreen veio por causa do vazamento. Foi isso mesmo que ele disse quando o senhor Pearlgreen contou sobre o Eddie. Foi exatamente o que ele falou: 'Não tenho de me preocupar com essas coisas no caso do meu menino'. Mas aí o senhor Pearlgreen — e foi isto que causou a confusão toda — disse o seguinte: 'Me ouve bem, Messner. Gosto de você, Messner, você foi bom para nós, ajudou minha mulher durante a guerra nos dando carne, então escuta alguém que sabe das coisas porque estão acontecendo com ele. Eddie também está na universidade, mas isso não quer dizer que entende que deve ficar longe dos salões de sinuca. Como é que perdemos o Eddie? Ele não é um mau menino. E que tal seu irmão menor, que tipo de exemplo ele dá para o irmão mais moço? O que é que fizemos de errado para ele de repente ir parar num salão de sinuca em Scranton, a três horas de casa?! Levando meu carro! Onde é que ele arranja dinheiro para a gasolina? No jogo de sinuca! Sinuca! Sinuca! Presta atenção, Messner: o mundo está esperando, está lambendo os beiços, para levar o seu rapaz'". "E meu pai acredita nele", eu disse.

"Meu pai acredita não no que ele vê com seus próprios olhos a vida toda, mas no que lhe diz o encanador, de joelhos, consertando a privada nos fundos da loja!" Eu não conseguia parar. Ele tinha entrado em parafuso por causa de um comentário despropositado de um encanador! "É, mamãe", eu disse por fim, saindo enfurecido para meu quarto, "as menores coisas, as mais bobas, realmente têm consequências trágicas. Ele prova isso!"

Eu tinha de ir embora, só não sabia para onde. Não entendia nada de universidades. Auburn. Wake Forest. Ball State. SMU. Vanderbilt. Muhlenberg. Não eram para mim mais do que nomes de times de futebol americano. Todo outono eu acompanhava com grande interesse os resultados dos jogos universitários no programa esportivo do Bill Stern, nas noites de sábado, porém pouco sabia sobre as diferenças acadêmicas entre as instituições que disputavam as partidas. Louisiana State 35, Rice 20; Cornell 21, Lafayette 7; Northwestern 14, Illinois 13. *Essa* era a diferença que eu conhecia: a distância em pontos entre os escores. Uma universidade era uma universidade — tudo que interessava a uma família tão pouco sofisticada quanto a minha é que você cursava qualquer uma delas e no final obtinha um diploma. Eu frequentava a do centro da cidade porque era perto de casa e podíamos arcar com os custos.

E eu estava satisfeito com isso. No começo de minha vida madura, antes que tudo de repente ficasse tão difícil, eu tinha um grande talento para ficar satisfeito. Era assim desde a infância, e isso ainda fazia parte de meu repertório no primeiro ano da Robert Treat. Eu vibrava por estar lá. Rapidamente passei a idolatrar os professores e fazer amizade com os colegas, quase todos de famílias de trabalhadores, como a minha, e com um nível de educação similar ao meu. Alguns eram judeus e vinham de meu colégio ginasial, mas a maior parte não era, e no início eu ficava animado ao almoçar com eles exatamente *porque* eram irlandeses ou italianos — pertencendo assim, para mim, a uma nova categoria não apenas de habitantes de Newark, mas de seres humanos. E também estava animado por estar fazendo cursos de nível superior; embora eles fossem rudimentares, alguma coisa começava a acontecer em meu cérebro semelhante ao que ocorrera quando vi o alfabeto pela primeira vez. E, além disso (depois que o treinador me fez segurar o bastão alguns centímetros acima e bater na bola com o único objetivo de lançá-la além das bases, em vez de tentar cegamente isolá-la para fora do campo, como eu costumava fazer no ginásio), naquela primavera ganhei uma vaga no pequeno time de beisebol do primeiro ano da universidade, jogando na segunda base ao lado de um colega chamado Angelo Spinelli.

Mas, acima de tudo, eu estava aprendendo, descobrindo algo novo a cada hora do dia escolar, razão pela qual até gostava que a Robert Treat fosse tão pequena e modesta, mais como um clube de vizinhança do que uma universidade. A Robert Treat se escondia na extremidade norte do centro da cidade, sempre muito movimentado por causa dos edifícios de escritórios, lojas de departamentos e negócios especializados, em geral tocados por uma só família. Espremida entre um pequeno parque triangular da Guerra da Independência infestado de vagabundos imundos (a maioria dos quais conhecíamos pelo nome) e o lamacento rio Passaic, a universidade consistia de dois edifícios bastante banais. O primeiro era uma velha cervejaria, próxima à zona industrial da margem do rio, cuja fachada de tijolos guardava as manchas de fumaça da chaminé e cujo interior fora convertido em salas de aula e laboratórios de ciência onde eu tinha as lições de biologia. O segundo ficava a vários quarteirões de distância, do outro lado da avenida principal da cidade e de frente para o parquinho que nos servia de campus (e onde nos sentávamos ao meio-dia para comer sanduíches preparados de manhã cedinho enquanto os vagabundos, que dividiam os bancos conosco, compartilhavam entre si a garrafa de moscatel). Era um pequeno edifício neoclássico de quatro andares, com fachada de pedra e uma entrada sustentada por pilares que, de fora, fazia lembrar a instituição bancária que efetivamente havia sido durante a maior parte do século XX. O interior abrigava os escritórios da administração e as salas de aula improvisadas onde eu tinha as aulas de história, inglês e francês ministradas por professores que me chamavam de "senhor Messner" em vez de "Marcus" ou "Markie", e cujos exercícios escritos eu procurava terminar antes da data de entrega. Estava ansioso para me tornar adulto, um adulto educado, maduro e independente, exatamente aquilo que vinha causando terror em meu pai, que, mesmo quando me trancava do lado de fora como punição por eu ter começado a gozar as prerrogativas mais ínfimas da vida de um jovem adulto, sentia imenso orgulho de minha devoção aos estudos e de meu status único na família como universitário.

Meu primeiro ano na universidade foi o mais estimulante e o mais horrível de minha vida, motivo pelo qual no ano seguinte fui parar na Winesburg, pequena instituição dedicada a formar profissionais liberais e engenheiros numa área rural do centro-norte de Ohio, a uns trinta quilômetros do lago Erie e a oitocentos quilômetros da tranca dupla de nossa porta dos fundos. O belo campus da Winesburg tinha árvores altas e graciosas (soube depois por uma namorada que se tratava de olmos) e gramados quadrangulares cercados de prédios com fachadas de tijolos cobertas de hera. Situado numa colina pitoresca, poderia servir de cenário para um daqueles musicais em tecnicolor ambientados numa universidade em que os alunos passam o tempo todo cantando e dançando em vez de estudar. A fim de custear minha ida para uma universidade longe de casa, meu pai teve de dispensar Isaac, o jovem judeu ortodoxo bem-educado e caladão que usava solidéu e tinha começado a ser treinado como auxiliar depois que entrei na universidade. Com isso, minha mãe, cujas funções Isaac iria eventualmente assumir, teve de voltar a trabalhar junto com meu pai em tempo integral. Só assim ele pôde arcar com as novas despesas.

Fui designado para um quarto no Jenkins Hall, onde descobri que os três outros rapazes com quem teria de viver também eram judeus. Achei estranho aquele arranjo, primeiro porque esperava ter apenas um colega de quarto, e, segundo, porque parte da aventura de ir para uma universidade no distante estado de Ohio consistia na oportunidade de viver entre não judeus e ver como as coisas correriam. Meus pais consideravam essa ideia esdrúxula, se não perigosa, porém para mim, aos dezoito anos, fazia todo o sentido. Spinelli, assim como eu aluno do curso preparatório de direito, se tornara meu maior amigo na Robert Treat, e o fato de me haver levado à casa no bairro italiano para conhecer sua família, comer a comida deles e ouvi-los falar com sua pronúncia típica fazendo piadas em italiano tinha sido tão fascinante quanto o curso de dois semestres sobre a história da civilização ocidental, em que o professor, a cada aula, revelava mais um detalhe sobre como o mundo tinha evoluído antes de eu existir.

O quarto era comprido, estreito, fedorento e mal iluminado, com beliches nas duas extremidades do assoalho gasto e quatro escrivaninhas de madeira velhas e pesadonas, arranhadas por anos de uso, encostadas nas paredes pintadas de um verde deprimente. Ocupei a cama de baixo porque a de cima já fora tomada por um sujeito magricela de óculos e de cabelos muito pretos chamado Bertram Flusser. Não se dignou a apertar minha mão quando tentei me apresentar, olhando-me como se eu pertencesse a uma espécie que ele tivera a sorte de nunca haver encontrado antes. Os outros dois rapazes também me olharam de cima a baixo, embora sem nenhum desdém, e por isso me apresentei a eles, e eles a mim, de um modo que me deixou algo convencido de que, entre meus companheiros de quarto, Flusser era especial. Os três cursavam o terceiro ano de inglês e eram membros da sociedade teatral da universidade. Nenhum deles pertencia a nenhuma fraternidade.

Havia doze fraternidades no campus, mas só duas admitiam judeus: uma, bem pequena e composta unicamente de judeus, tinha uns cinquenta membros; a outra era uma fraternidade não sectária ainda menor, fundada lá mesmo por um grupo de estudantes idealistas que aceitavam qualquer pessoa que pudessem agarrar. As outras dez estavam reservadas aos cristãos brancos, um esquema que ninguém imaginaria desafiar num campus que tanto se orgulhava de suas tradições. As imponentes casas das fraternidades cristãs, com suas fachadas de pedras não polidas e portas dignas de castelos, dominavam a Buckeye Street, uma avenida ladeada de árvores e dividida em duas por um pequeno gramado com um canhão da Guerra Civil, o qual, segundo a piadinha picante repetida a todos os recém-chegados, disparava sempre que uma virgem passava diante dele. Cruzando ruas com grandes árvores e casas de madeira velhas porém bem cuidadas, a Buckeye Street ia do campus à única artéria comercial da cidadezinha, Main Street, que se estendia por quatro quarteirões e unia a ponte sobre o Wine Creek à estação da estrada de ferro. A Main Street era dominada pela New Willard House, a hospedaria em cujo bar os ex-alunos se reuniam nos fins de semana em que havia jogos de futebol americano para relembrar, com a ajuda de doses cavalares de álcool, seus tempos de estudante. Graças ao serviço de procura de empregos da universidade, passei a trabalhar lá como garçom nas noites de sexta e sábado, ganhando o salário mínimo de setenta e cinco centavos por hora, além das gorjetas. Quase toda a vida social dos cerca de mil e duzentos alunos da universidade se passava atrás das pesadas portas com ferragens negras das fraternidades e em seus vastos gramados — onde, fizesse chuva ou sol, dois ou três rapazes podiam ser sempre vistos jogando uns para os outros uma bola de futebol americano.

Flusser, meu companheiro de quarto, desprezava tudo que eu dizia e zombava de mim sem pena. Quando eu tentava ser agradável com ele, me chamava de Príncipe Encantado. Quando lhe dizia para não me chatear, ele respondia: "Um garoto tão grandinho com uma pele tão sensível". À noite, insistia em ouvir Beethoven no toca-discos depois que eu ia dormir, e o fazia num volume que parecia não perturbar meus outros dois colegas de quarto tanto quanto a mim. Eu não entendia nada de música clássica, não gostava muito do gênero e, além de tudo, precisava dormir para poder trabalhar no fim de semana e obter o tipo de notas que me havia garantido um lugar na lista de honra do reitor da Robert Treat durante os dois semestres em que estive lá. Flusser nunca se levantava antes do meio-dia, mesmo se tivesse aulas, e sua cama estava sempre desarrumada, as cobertas caindo descuidadamente pelo lado e obscurecendo a vista do quarto que eu tinha da minha cama. Conviver com ele era até pior do que viver com meu pai durante o primeiro ano na universidade — meu pai ao menos saía o dia inteiro para trabalhar no açougue e, embora de um jeito fanático, se preocupava com meu bem-estar. Meus três companheiros de quarto iam participar no outono da encenação da *Décima segunda noite*, uma peça da qual eu nunca tinha ouvido falar. Havia lido *Júlio César* no ginásio e *Macbeth* no curso de literatura inglesa no primeiro ano da universidade, mas era tudo. Na *Décima segunda noite*, Flusser faria o papel de um personagem chamado Malvolio, e, nas noites em que não estava escutando Beethoven em horas impróprias, ficava deitado na cama em cima da minha recitando suas falas em voz alta. Às vezes saltitava pelo quarto treinando a fala de saída: "Vou me vingar de você e de toda essa corja". De minha cama eu pedia: "Flusser, por favor, pode falar mais baixo?", ao que ele respondia — berrando, grasnando ou num sussurro ameaçador: "Vou me vingar de você e de toda essa corja".

Poucos dias depois de chegar ao campus, comecei a procurar no dormitório alguém com uma cama vazia no quarto que me aceitasse como companheiro. Isso me tomou várias semanas, durante as quais cheguei ao máximo de minha frustração com Flusser. Certa noite, mais ou menos uma hora depois de ter ido para a cama, levantei-me urrando para arrancar um LP de seu toca-discos e, no ato mais violento que até então havia perpetrado em toda a minha vida, arrebentá-lo contra a parede.

"Você acabou de destruir o Quarteto número 16 em Fá maior", ele disse, estatelado na cama de cima onde fumava sem haver tirado nem as roupas nem os sapatos. "Não me interessa! Estou tentando dormir!"

As lâmpadas do teto tinham sido acesas por um dos outros rapazes. Ambos estavam fora de suas camas e, só de cuecas, esperavam de pé para ver o que ia acontecer. "Um menininho tão lindo e bem-educado", disse Flusser. "Tão arrumadinho. Tão direito. Um pouco irresponsável com as coisas dos outros, mas, fora isso, prontinho para se transformar num ser humano."

"E o que há de errado em ser um ser humano?"

"Tudo", respondeu Flusser com um sorriso. "Os seres humanos fedem até não poder mais."

"*Você* é que fede!", berrei. "Você fede, Flusser! Não toma banho, não muda de roupa, nunca arruma a cama — você não tem a menor consideração por *ninguém*! Ou está se exibindo como um canastrão às quatro da manhã, ou ouvindo música a todo volume!"

"É porque eu não sou um menino tão legal quanto você, Marcus."

Nesse ponto um dos outros falou. "Calma", disse para mim. "Ele não passa de um chato. Não leva ele a sério."

"Mas eu preciso dormir!", gritei. "Não consigo trabalhar sem dormir! Porra, não quero acabar ficando doente!"

"Ficar doente", disse Flusser, transformando o sorriso numa risadinha de escárnio, "ia te fazer muito bem."

"Ele é maluco!", berrei para os outros dois. "Tudo que ele diz é loucura!"

"Você destrói o Quarteto em Fá maior de Beethoven", disse Flusser, "e *eu* é que sou o maluco."

"Para com isso, Bert", disse um dos outros rapazes. "Cala a boca e deixa ele ir dormir."

"Depois do que esse vândalo fez com meu disco?"

"Diz a ele que vai comprar outro", o rapaz falou para mim. "Diz a ele que vai ao centro e compra um novo. Vamos, diz isso a ele para a gente voltar a dormir."

"Te compro um novo", eu disse, revoltado com a injustiça de tudo aquilo.

"Obrigado", disse Flusser. "Muito obrigado. Você é realmente um bom menino, Marcus. Irrepreensível. Marcus, o rapaz bem limpinho e bem-vestido. No final você faz as coisas direitinho, como a mamãe Aurelius te ensinou a fazer."

* * *

Substituí o disco com o dinheiro que ganhava como garçom no bar da hospedaria. Não gostava do emprego. A carga horária era muito menor do que na loja de meu pai, porém, por causa da barulheira, do excesso de álcool e do fedor de cerveja e fumaça de cigarro que empesteava o ambiente, o trabalho terminava sendo mais cansativo e de certa forma tão repugnante quanto as piores coisas que eu tinha de fazer no açougue. Eu não bebia cerveja nem nenhuma bebida alcoólica, nunca fumei nem tentei berrar e cantar a plenos pulmões para impressionar as garotas, como fazia um sem-número de bêbados que levavam suas namoradas para a hospedaria nas noites de sexta e sábado. Quase toda semana havia uma festa no bar para comemorar o namoro firme de um rapaz da Winesburg com uma moça da Winesburg, quando ele dava o broche de sua fraternidade para que ela o usasse durante as aulas preso na frente do suéter ou da blusa. Broche no terceiro ano, noivado no quarto ano, casamento logo após a formatura — eram esses os objetivos simplórios perseguidos pela maioria das virgens da Winesburg durante minha virginal passagem pela universidade.

Atrás da hospedaria e das lojas vizinhas, cujas frentes davam para a Main Street, corria uma estreita ruela pavimentada com paralelepípedos, e os estudantes entravam e saíam pela porta dos fundos durante a noite toda, seja para vomitar, seja para ficarem sozinhos com suas namoradas e tentarem boliná-las ou se esfregar nelas no escuro. A fim de interromper as sessões de agarração, mais ou menos de meia em meia hora um dos carros de polícia da cidadezinha passava devagar pela ruela com os faróis acesos, obrigando os estudantes doidos por uma ejaculação ao ar livre a se esconder na hospedaria. Com raras exceções, as garotas da Winesburg tinham uma aparência saudável sem ser de fato bonitas, mas todas pareciam saber à perfeição como se comportar de forma correta (quer dizer, pareciam não saber como se comportar mal ou fazer qualquer coisa considerada imprópria), de tal modo que, quando bebiam demais, em vez de fazerem baderna, como os rapazes, murchavam e ficavam nauseadas. Mesmo aquelas que ousavam sair para a ruela a fim de tirar um sarro com os namorados voltavam dando a impressão de terem ido ao cabeleireiro. Vez por outra eu via alguma que me atraía e, enquanto corria para lá e para cá com os jarros de cerveja, virava a cabeça tentando lhe dar uma boa olhada. Quase sempre descobria que seu companheiro era o bêbado mais agressivamente detestável da noite. Mas como eu recebia o salário mínimo mais as gorjetas, chegava religiosamente às cinco todo fim de semana e começava a preparar as mesas para a noitada, trabalhando até depois da meia-noite para deixar o bar limpo; durante aquelas horas, tentava me comportar como um garçom profissional, embora as pessoas chamassem minha atenção estalando os dedos ou soltando um assovio agudo com os dedos enfiados na boca, tratando-me mais como um lacaio do que como um colega que trabalhava por necessidade. Mais de uma vez, durante as primeiras semanas, acho que ouvi me chamarem de uma das mesas mais desordeiras com as palavras: "Ei, judeu, vem cá!", conquanto eu preferisse acreditar que tivesse sido simplesmente: "Ei, ô meu, vem cá!". Continuava a desempenhar minhas funções, decidido a seguir a lição aprendida com meu pai no açougue: abre o cu com um corte, enfia a mão bem fundo, agarra as vísceras e puxa para fora. Nauseabundo e repugnante, mas tinha de ser feito.

Após as noites de trabalho na hospedaria, meus sonhos eram sempre inundados de cerveja: gotejando da torneira do banheiro, enchendo o vaso sanitário quando eu puxava a descarga, escorrendo para meu copo da caixa de papelão de onde saía o leite que eu tomava durante as refeições no restaurante dos estudantes. Nesses sonhos, o lago Erie, que ficava próximo da universidade e margeava o Canadá ao norte e os Estados Unidos ao sul, não mais era o décimo repositório de água doce do mundo, e sim o maior reservatório de cerveja do planeta, cabendo a mim esvaziá-lo em jarras com as quais servia os rapazes das fraternidades que berravam em tom beligerante: "Ei, judeu, vem cá!".

* * *

Finalmente encontrei uma cama vazia num quarto situado no andar abaixo daquele em que Flusser estava me enlouquecendo e, após preencher os papéis necessários na secretaria do diretor de alunos, fui ser o companheiro de um quartanista de engenharia. Elwyn Ayers Jr. era um sujeito forte, lacônico e sem dúvida não judeu que estudava para valer, fazia as refeições na fraternidade de que era membro e possuía um LaSalle Touring Sedan preto, de quatro portas, fabricado em 1940, o último ano, segundo me explicou, em que a GM produzira aquele veículo excepcional. Tinha sido o carro da família quando ele era menino e agora ficava estacionado nos fundos da casa da fraternidade. Só aos alunos do quarto ano era permitido possuir carros, e Elwyn parecia ter o seu com o único propósito de passar as tardes de fim de semana mexendo no impressionante motor. Ao voltarmos do jantar — eu comia meu macarrão com queijo no lúgubre restaurante dos estudantes com outros "independentes", enquanto ele comia carne assada, presunto, bifes e costeletas de cordeiro com seus companheiros de fraternidade —, ele e eu nos sentávamos diante de escrivaninhas separadas, de frente para a mesma parede nua, e não trocávamos uma única palavra a noite inteira. Terminados os estudos, nos lavávamos na fileira de pias no banheiro de nosso andar, vestíamos os pijamas, murmurávamos alguma coisa um para o outro e nos deitávamos, eu na cama de baixo do beliche, Elwyn Ayers Jr. na de cima.

Conviver com o Elwyn não era muito diferente de viver sozinho. Só o ouvi falar de forma minimamente entusiasmada sobre as virtudes do LaSalle de 1940, com a distância entre os eixos maior do que nos modelos anteriores e um carburador mais potente que incrementava o número de cavalos-vapor. Na sua pronúncia cadenciada e sem grandes variações tonais, típica do estado de Ohio, ele costumava cortar com um comentário seco qualquer tentativa minha de interromper os estudos para conversar por alguns minutos. No entanto, se às vezes me sentia solitário como colega de quarto do Elwyn, ao menos me livrara do estorvo destrutivo que era Flusser, e podia continuar tirando minhas notas 10; os sacrifícios que minha família fazia para me dar uma educação universitária tornavam imperativo que eu só tirasse as melhores notas.

Como era aluno do curso preparatório de direito e ia me formar em ciências políticas, fazia o curso de introdução ao governo norte-americano e história norte-americana até 1865, bem como os cursos obrigatórios de literatura, filosofia e psicologia. Como estava também matriculado no Corpo de Treinamento dos Oficiais da Reserva, tinha todas as razões para crer que, ao me formar, iria servir como tenente na Coreia. A guerra estava então em seu segundo ano de horror, com setecentos e cinquenta mil soldados da China Comunista e da Coreia do Norte realizando seguidas ofensivas de grande envergadura, enquanto as forças das Nações Unidas sob a liderança dos Estados Unidos, após sofrerem imensas perdas, respondiam com contraofensivas também de imenso porte. Durante o ano anterior, a linha de frente se movera para cima e para baixo da Península da Coreia, e Seul, a capital sul-coreana, fora capturada e libertada quatro vezes. Em abril de 1951, o presidente Truman demitira MacArthur de seu comando depois que o general ameaçou bombardear a China comunista e submetê-la a um bloqueio naval, e em setembro, quando entrei para a Winesburg, seu substituto, o general Ridgway, iniciou as difíceis negociações de um armistício com a delegação comunista da Coreia do Norte. Parecia que a guerra poderia durar muitos anos, com baixas adicionais de dezenas de milhares de norte-americanos entre mortos, feridos e prisioneiros. As tropas norte-americanas jamais haviam lutado numa guerra tão assustadora, enfrentando, como era o caso, onda após onda de combatentes chineses aparentemente indiferentes a nosso poder de fogo, atacando com frequência nossos homens nas trincheiras com baionetas ou até mesmo sem nenhuma arma. As perdas norte-americanas já subiam a mais de cem mil, vítimas tanto do rigoroso inverno coreano quanto da maestria do exército chinês na luta corpo a corpo e nos combates noturnos. Os soldados da China comunista, atacando às vezes aos milhares, não usavam rádios ou *walkie-talkies* e, por constituírem ainda em muitos sentidos um exército pré-mecanizado, utilizavam cornetas para se comunicar. E nada era mais aterrador do que esses toques de clarim em plena escuridão e os enxames de inimigos que, infiltrando-se furtivamente nas linhas norte-americanas, se abatiam com armas flamejantes sobre nossos homens exaustos, prostrados pelo frio e encolhidos nos colchões de dormir buscando se aquecer.

O choque entre Truman e MacArthur havia gerado, na primavera anterior, uma investigação no Senado acerca da dispensa do general, a qual eu seguia pelos jornais juntamente com as notícias sobre a guerra, lidas obsessivamente desde que compreendi o que poderia acontecer comigo caso o conflito prosseguisse sem nenhum lado ser capaz de se declarar vitorioso. Eu odiava MacArthur por seu radicalismo de direita, que ameaçava transformar o conflito coreano numa guerra total com a China e talvez até mesmo com a União Soviética, que recentemente desenvolvera a bomba atômica. Uma semana depois de ser demitido, MacArthur falou numa sessão conjunta do Congresso; advogou o bombardeio das bases aéreas chinesas na Manchúria e a utilização das tropas nacionalistas chinesas de Chiang Kai-shek na Coreia, concluindo o discurso com sua famosa despedida em que prometia "simplesmente desaparecer, um velho soldado que tentou cumprir seu dever como Deus lhe deu a luz para entendê-lo". Depois da fala, alguns membros do Partido Republicano começaram a lançar a candidatura do arrogante general com ares de fidalgo, a essa altura já com setenta anos, à eleição presidencial de 1952. Como era de prever, o senador Joseph McCarthy afirmou que a demissão de McArthur por Truman, do Partido Democrata, era "talvez a maior vitória dos comunistas em todos os tempos".

Um semestre no Corpo de Treinamento de Oficiais da Reserva — ou "Ciência Militar", título dado ao programa no catálogo da universidade — era obrigatório para os estudantes do sexo masculino. A fim de se qualificar como oficial e servir por dois anos no Exército como segundo tenente no Corpo de Transporte, o estudante tinha de frequentar o Corpo de Treinamento ao menos por quatro semestres. Caso fizesse apenas o semestre obrigatório, o aluno, ao se formar, seria tratado como um recruta qualquer e, após um período de treinamento básico, poderia muito bem acabar como mero soldado raso de infantaria com um rifle M-1 e uma baioneta calada numa gélida trincheira coreana esperando pelo toque estridente das cornetas.

Minha turma de Ciência Militar se reunia durante uma hora e meia por semana. Do ponto de vista educacional, me parecia uma perda de tempo infantil. O capitão que era nosso instrutor dava a impressão de ser um débil mental quando comparado a meus outros professores (que não chegavam a me impressionar muito), e o material que líamos não tinha o menor interesse. "Descanse a coronha de seu rifle no chão com o cano para trás. Mantenha a ponta da coronha encostada em sua bota direita e em linha com os dedos do pé. Segure o rifle entre o polegar e os demais dedos de sua mão direita..." Não obstante, esforcei-me nas provas e respondi às perguntas na aula para garantir que seria convidado a fazer os cursos mais avançados. Dos meus oito primos mais velhos — sete do lado de meu pai e um do lado de minha mãe — que lutaram na Segunda Guerra Mundial, dois deles, soldados rasos de infantaria, tinham morrido menos de dez anos antes, um em Anzio, no ano de 1943, e o outro na Batalha do Bulge, em 1944. Eu achava que minhas chances de sobreviver seriam muito melhores caso entrasse no Exército como oficial, sobretudo se, com base em meus resultados acadêmicos e colocação na classe (estava decidido a ser o orador oficial da turma), eu viesse a ser transferido dos transportes (onde podia terminar servindo numa zona de combate) para a área de informações do Exército.

Queria fazer tudo certo. Se fizesse tudo certo, poderia justificar ao meu pai o custo de estar fazendo uma universidade em Ohio e não em Newark. Poderia justificar à minha mãe ela ter de trabalhar outra vez na loja em tempo integral. No centro de minha ambição estava o desejo de ficar livre de um pai forte e pacato de repente acometido de um medo incontrolável com respeito ao bem-estar do filho adulto. Embora estivesse iniciando minha formação em direito, não estava realmente interessado em ser advogado. Mal sabia o que um advogado fazia. Queria tirar as maiores notas, dormir e não brigar com o pai que amava, cujo manuseio das facas longas e afiadas e dos pesados cutelos o havia transformado no primeiro e fascinante herói de um garotinho. Visualizava as facas e os cutelos de meu pai sempre que lia sobre os combates de baioneta com os chineses na Coreia. Sabia quão assassina pode ser uma faca afiada. E sabia o que era o sangue, incrustando o pescoço das galinhas onde elas haviam sido ritualmente abatidas, pingando do pedaço de carne em minhas mãos enquanto eu cortava uma costeleta ao longo do osso, vazando através dos sacos de papel pardo apesar do envoltório encerado que protegia cada corte de carne, espraiando-se pelos sulcos entrecruzados dos cepos por força das cuteladas. Meu pai amarrava um avental limpinho em volta do pescoço e nas costas ao abrir o açougue, mas em menos de uma hora ele já estava todo manchado de sangue. Minha mãe também vivia coberta de sangue. Certo dia, enquanto preparava um pedaço de fígado — que pode escorregar ou tremelicar sob a mão se não for agarrado com suficiente firmeza —, ela cortou a palma da mão e teve de ser conduzida às pressas ao hospital, onde levou doze pontos dolorosos. E, embora eu sempre tivesse sido cuidadoso e atento, sofri dezenas de pequenos cortes que exigiram curativos e fizeram com que meu pai me repreendesse por deixar minha mente divagar enquanto trabalhava com a faca. Cresci cercado de sangue — sangue e sebo, afiadores de facas, máquinas de fatiar e dedos amputados em parte ou por inteiro nas mãos de meus três tios, assim como na de meu pai — e jamais me acostumei com isso, jamais gostei disso. O pai de meu pai, morto antes de eu nascer, foi um açougueiro *kosher* (era o Marcus cujo nome herdei e que, devido a sua perigosa ocupação, não tinha metade de um polegar), como o eram os três irmãos de meu pai, tio Muzzy, tio

Shecky e tio Artie, cada qual dono de uma loja semelhante à nossa em locais diferentes de Newark. Sangue nos estrados de madeira que ficavam atrás dos mostruários refrigerados de porcelana e vidro, sangue nas balanças, nos afiadores, margeando o rolo de papel encerado, no bocal da mangueira que usávamos para lavar o chão da geladeira — o cheiro de sangue era a primeira coisa que eu sentia quando ia visitar meus tios e tias em suas lojas. Sempre me afetava aquele cheiro de carcaça depois que o animal é abatido e antes que a carne seja cozinhada. E então Abe, filho de Muzzy e seu herdeiro natural, foi morto em Anzio, e Dave, filho de Shecky e seu herdeiro natural, foi morto na Batalha do Bulge, e os Messner que sobreviveram ficaram mergulhados no sangue deles.

Tudo que eu sabia sobre a carreira de advogado se resumia em ficar livre de vestir, pelo resto da vida, um avental fedorento coberto de sangue — sangue, gordura, pedaços de entranhas, tudo ia parar no avental, porque nele secávamos as mãos constantemente. Eu havia aceitado de bom grado trabalhar para meu pai quando isso era esperado de mim e aprendera obedientemente tudo sobre o ofício de açougueiro que ele foi capaz de me ensinar. Mas meu pai jamais poderia me ensinar a gostar de sangue ou mesmo a ser indiferente a ele.

Certa noite, dois membros da fraternidade judaica bateram na porta do quarto enquanto eu e Elwyn estudávamos e me perguntaram se poderia sair para conversar com eles no Owl, o café que era o ponto de reunião dos estudantes. Fui para o corredor e fechei a porta atrás de mim, de modo a não perturbar Elwyn. "Acho que não vou entrar para nenhuma fraternidade", disse a eles. "Ora, você não precisa entrar", respondeu um deles. Era o mais alto dos dois e muitos centímetros mais alto que eu. Tinha aquele jeito suave, confiante e despreocupado que me fazia lembrar de todos os rapazes magicamente agradáveis e bonitões que ocupavam a presidência do Conselho de Estudantes no ginásio e eram adorados por suas namoradinhas, que atuavam como balizas e chefes de torcida. Esses jovens não sabiam o que era a humilhação, enquanto, para mim e todos os outros, ela estava sempre zumbindo acima de nossas cabeças como a mosca ou o mosquito que nunca vai embora. Qual o propósito da evolução ao fazer que apenas um em um milhão tivesse a aparência do rapaz que estava diante de mim? Qual a função de tal beleza, se não chamar a atenção para as imperfeições dos demais? Embora eu não tivesse sido abandonado de todo pelo deus da aparência, o padrão brutal estabelecido por aquele modelo de excelência me transformava, quando comparado a ele, em monstruosa mediocridade. Ao falar com ele eu tinha de afastar os olhos porque seus traços eram perfeitos demais, sua aparência tão humilhante, tão insultuosa — tão relevante. "Por que você não vem jantar lá na casa uma noite dessas?", ele perguntou. "Venha amanhã à noite. Vamos ter rosbife. Você vai comer bem, vai se encontrar com os irmãos da fraternidade e não está obrigado a fazer mais nada." "Não", eu disse, "não acredito em fraternidades." "Acreditar nelas? O que há para acreditar ou não acreditar? Um grupo de caras com ideias parecidas se encontram como amigos e companheiros. Fazemos esportes juntos, organizamos festas e danças, comemos juntos. Sem isso, as pessoas aqui podem se sentir muito sós. Você sabe, dos mil e duzentos estudantes aqui no campus, menos de cem são judeus. É uma percentagem muito pequena. Se você não entrar para a nossa fraternidade, a única outra que aceita judeus é a casa não sectária, e eles não têm muito a oferecer em termos de conforto ou eventos sociais. Olha, deixa eu me apresentar: meu nome é Sonny Cottler." O nome de um mero mortal, pensei comigo. Como podia ser isso, com aqueles olhos pretos reluzentes, com aquela covinha no queixo e aquele capacete de cabelos negros ondulados? E, além disso, tão seguro no falar. "Estou no último ano", ele disse. "Não quero te pressionar. Mas nossos irmãos o têm visto por aí, repararam no seu jeito, acham que você seria um bom reforço para a fraternidade. Você sabe, os rapazes judeus só começaram a vir para cá em números significativos pouco antes da guerra, por isso somos uma fraternidade relativamente nova no campus. Apesar disso, ganhamos o campeonato de bolsas de estudo entre as fraternidades mais vezes do que qualquer outra casa da Winesburg. Temos uma porção de gente que estuda a sério na área de direito e medicina. Pense nisso, está bem? E me dê um telefonema na fraternidade se resolver passar por lá para conhecer o pessoal. Se quiser ficar para o jantar, melhor ainda."

Na noite seguinte, fui visitado por dois membros da fraternidade não sectária. Um deles, louro e magricela, só mais tarde eu soube que era homossexual — como a maioria dos heterossexuais de minha idade, eu não conseguia acreditar de todo que alguém fosse homossexual —, e o outro era um rapaz negro, parrudo e amigável, que falava por ambos. Tratava-se de um dos três negros de todo o corpo discente, pois não havia um único entre os professores. Os outros dois eram moças e pertenciam a uma pequena associação não sectária de mulheres quase inteiramente composta pelo reduzido número de estudantes judias. Não se via no campus um só rosto com feições orientais; todos eram brancos e cristãos, exceto eu, aquele rapaz negro e algumas poucas dezenas de outros. Quanto aos homossexuais, eu não tinha ideia de quantos eram. Embora ele dormisse bem em cima de mim, eu não havia entendido que Bert Flusser era homossexual. Só percebi isso mais tarde.

O rapaz negro disse: "Eu me chamo Bill Quinby e esse aqui é o outro Bill, Bill Arlington. Somos da Xi Delta, a fraternidade não sectária".

"Antes que você continue", eu disse, "não vou entrar para nenhuma fraternidade. Vou continuar a ser um independente."

Bill Quinby riu. "A maioria dos caras da nossa fraternidade também não ia entrar para nenhuma fraternidade. A maioria dos caras da nossa fraternidade não pensa como quase todos os outros estudantes do campus. Eles são contra a discriminação e muito diferentes dos sujeitos cujas consciências toleram o fato de que são membros de fraternidades que mantêm gente de fora por causa de raça ou religião. Você parece ser o tipo de pessoa que também pensa assim. Estou errado?"

"Meus amigos, agradeço terem vindo até aqui, mas não vou entrar para nenhuma fraternidade."

"Posso perguntar por quê?", disse ele.

"Prefiro ficar na minha e estudar", respondi.

Quinby riu de novo. "Bem, nós também, a maioria dos caras da nossa fraternidade prefere ficar na sua e estudar. Por que não vem nos visitar? Não somos de jeito nenhum uma fraternidade típica da Winesburg. Somos um grupo especial, se é que posso dizer assim — um punhado de pessoas que não fazem parte de nenhum esquema e se uniram porque não pertencemos às patotas e não compartilhamos de seus interesses. Acho que você iria se sentir muito à vontade numa casa como a nossa."

O outro Bill então falou, com palavras muito parecidas às usadas por Sonny Cottler na noite anterior. "Você pode se sentir muito solitário neste campus se ficar por conta própria", disse.

"Vou correr meus riscos", respondi. "Não tenho medo de ficar sozinho. Tenho um emprego e meus estudos, não sobra muito tempo para me sentir sozinho."

"Gosto de você", disse Quinby, rindo com naturalidade. "Gosto da sua segurança."

"E metade dos caras da sua fraternidade", disse eu, "tem o mesmo tipo de segurança." Nós três rimos juntos. Gostei daqueles dois Bills. Gostei até da ideia de pertencer a uma fraternidade que tinha um negro como membro — isso sim seria alguma coisa especial, sobretudo se o convidasse para participar em Newark do grande jantar da família Messner no Dia de Ação de Graças. No entanto, eu disse: "Confesso que meu único interesse são os estudos. Não posso me permitir nada além disso. Tudo depende dos meus estudos". Como de hábito, em particular nos dias em que as notícias da Coreia eram muito sombrias, eu pensava em como poderia manobrar as coisas a fim de ser transferido do Corpo de Transporte para a área de informações do Exército após me formar como orador da turma. "É por isso que vim para cá e é isso que vou fazer. De todo modo, muito obrigado."

Na manhã daquele domingo, quando fiz minha chamada semanal a cobrar para casa, em New Jersey, fiquei surpreso ao saber que meus pais tinham conhecimento da visita feita por Sonny Cottler. Para impedir que meu pai se intrometesse nos meus assuntos, contava o mínimo para eles nessas chamadas. Dizia principalmente que estava me sentindo bem, que tudo corria às mil maravilhas. Isso era suficiente para minha mãe, mas meu pai sempre perguntava: "O que mais está acontecendo? O que mais você anda fazendo?". "Estudando. Estudando e trabalhando nos fins de semana na hospedaria." "E o que está fazendo para se divertir?" "Nada, realmente. Não preciso de diversões. Não tenho tempo." "Já arranjou alguma garota por aí?" "Ainda não", eu respondia. "Toma cuidado", ele dizia. "Vou tomar." "Você sabe o que eu estou dizendo", ele continuava. "Tá bom." "Não se mete em encrenca." Eu ria e dizia: "Deixa comigo". "Assim sozinho... não estou gostando disso", voltava meu pai. "Estou bem sozinho." "E se você fizer alguma bobagem", ele dizia, "sem ninguém aí para ter dar um conselho e ver o que você está fazendo... e aí?"

Essa era a conversa habitual, acompanhada por sua tosse seca e contínua. Naquele domingo, contudo, tão logo chamei, ele disse: "Quer dizer que você se encontrou com o menino dos Cottler. Você sabe quem ele é, não sabe? A tia dele mora aqui em Newark. É casada com o Spector, que tem a loja de artigos de escritório na Market Street. O Spector é tio dele. Quando dissemos onde você estava, ela nos disse que o nome dela de solteira era Cottler, que a família de seu irmão vivia em Cleveland, que o sobrinho estudava na mesma universidade e era presidente da fraternidade dos judeus. E presidente do Conselho da Associação das Fraternidades. Judeu e presidente do Conselho da Associação das Fraternidades. Já pensou? Donald. Donald Cottler. Chamam ele de Sonny, não é mesmo?". "É isso aí", respondi. "E então ele te visitou... maravilha. Se entendi bem, é craque de basquete, além de estar na lista dos melhores alunos. E aí, o que é que ele te disse?" "Fez propaganda da fraternidade dele." "E aí?" "Eu disse que não estava interessado nessa coisa de fraternidade." "Mas a tia dele diz que é um rapaz ótimo. Só tira nota 10, igual a você. E, se entendi bem, é um menino bonito." "Muito bonito", confirmei sem grande entusiasmo, "um pão." "O que quer dizer isso?", ele perguntou. "Papai, pare de mandar gente me visitar." "Mas você está aí sozinho. Te deram três companheiros de quarto judeus quando chegou aí, e a primeira coisa que você fez foi largar eles e se juntar a um gói em outro quarto." "Elwyn é um companheiro de quarto perfeito. Quieto, educado, limpo e estudioso. Eu não podia ter ninguém melhor." "Certo, certo, não tenho nada contra ele. Mas aí o menino dos Cottler vai te visitar..." "Papai, não aguento mais isso." "Mas como é que eu posso saber como andam as coisas com você? Como posso saber o que você está fazendo? Você pode estar fazendo qualquer coisa." "Eu faço uma coisa", respondi com firmeza. "Estudo e vou às aulas. E ganho uns dezoito dólares na hospedaria todo fim de semana." "E qual é o mal de ter alguns amigos judeus num lugar como esse aí? Alguém com quem fazer as refeições, com quem ir a um cinema..." "Olha, eu sei o que estou fazendo." "Aos dezoito anos?" "Papai, vou desligar agora. Mãe?" "Sim, meu filho." "Vou desligar. Falo com vocês no domingo que vem." "Mas e o menino dos Cottler..." foram as últimas palavras que ouvi do meu pai antes de a ligação terminar.

Eu ainda não tinha arranjado nenhuma garota, mas estava de olho em uma. Era aluna do segundo ano, transferida como eu de outra universidade, pálida e esbelta, com cabelos castanho-escuros e o que me parecia ser um jeitão confiante, reservado e até algo intimidador. Frequentava também as aulas de história norte-americana e às vezes se sentava ao meu lado, mas, como eu não queria correr o risco de ouvi-la dizer que queria ficar sozinha, eu ainda não reunira a coragem necessária para dirigir-lhe um acolhedor aceno de cabeça, muito menos falar com ela. Certa noite a vi na biblioteca. Eu estava sentado numa escrivaninha em meio às estantes de livros na área que fica acima do salão de leitura principal; numa das longas mesas do salão, ela tomava notas aplicadamente de um livro de consulta. Duas coisas me cativaram. Uma foi o repartido de seus belos cabelos. Jamais me sentira tão vulnerável ao repartido dos cabelos de qualquer pessoa. A outra foi sua perna esquerda, que estava cruzada sobre a direita e balançava ritmicamente para cima e para baixo. Sua saia descia até a barriga da perna, como então era a moda, mas, mesmo assim, de onde eu me encontrava podia ver sob a mesa o movimento incessante daquela perna. Ela deve ter ficado lá assim por umas duas horas, tomando notas sem parar um só instante, e tudo que eu fiz durante esse tempo foi ficar observando como o cabelo dela era repartido em uma linha perfeita e como ela não parava de balançar a perna para cima e para baixo. Perguntei-me, e não pela primeira vez, o que significaria para uma garota sacudir a perna daquele modo. Ela estava absorta em seu trabalho de casa e eu, com a mente de um rapaz de dezoito anos, estava absorto na ideia de enfiar a mão por baixo da saia dela. O forte desejo de correr para o banheiro cedeu diante do medo de que, se o fizesse, podia ser apanhado por um funcionário da biblioteca, um professor ou até mesmo um aluno de boa índole. E, sendo expulso da universidade, acabaria como soldado de infantaria na Coreia.

Naquela noite tive de ficar na minha escrivaninha até as duas da manhã — com a lâmpada de haste flexível bem abaixada para evitar que a claridade incomodasse Elwyn, que dormia na cama de cima — para terminar o trabalho de casa que deixara de fazer devido à perna balançante da garota de cabelos castanhos.

O que aconteceu quando eu e ela saímos ultrapassou tudo que eu poderia ter imaginado no banheiro da biblioteca, caso houvesse tido a audácia de me enfiar num dos compartimentos para aliviar temporariamente meu desejo. As normas que regulavam a vida das alunas da Winesburg eram do tipo que não entristeceria meu pai se fossem impostas a mim. Todas as garotas, inclusive as do último ano, eram obrigadas a registrar suas entradas e saídas à noite, mesmo para ir à biblioteca. Não podiam ficar fora depois das nove nos dias de semana ou depois de meia-noite nas sextas e sábados, nem, obviamente, tinham permissão de visitar os dormitórios masculinos ou as casas das fraternidades, exceto em ocasiões formais em que estivessem acompanhadas. Nos dormitórios das moças, os rapazes só podiam chegar até uma pequena sala de visita, onde, sentados num sofá forrado de *chintz* estampado com motivos florais, esperavam que a garota fosse chamada pelo telefone interno por uma moça que tomava conta da portaria; o rapaz era obrigado a mostrar a carteira da universidade a essa moça, que anotava seu nome. Como só os alunos do último ano podiam ter carros — e, numa universidade frequentada preponderantemente por estudantes de classe média, poucos tinham famílias capazes de lhes proporcionar um carro e dinheiro para mantê-lo —, eram raros os lugares onde um casal de alunos podia ficar a sós. Alguns iam para o cemitério da cidadezinha e praticavam suas atividades sexuais encostados nas lápides ou até mesmo dentro das covas; outros faziam o possível nas salas de cinema, mas, em geral, ao fim das saídas noturnas as garotas eram imprensadas contra as árvores nas áreas escuras do gramado em torno do qual se erguiam os três dormitórios femininos, e as más ações que as normas da universidade visavam coibir eram parcialmente perpetradas entre os olmos que embelezavam o campus. Na verdade, quase tudo se resumia a apalpadelas e bolinações através de várias camadas de roupas. Mas, entre os rapazes, era ilimitada a busca desenfreada por qualquer migalha de satisfação. Uma vez que a evolução abomina as carícias sem clímax, o código sexual prevalecente podia ter efeitos fisicamente lancinantes. A excitação prolongada que não resultava numa descarga orgástica fazia com que jovens vigorosos andassem coxeando como aleijados até que aos poucos se abrandasse, e por fim desaparecesse, a dor pungente, cáustica, espasmódica da tortura testicular conhecida como "bolas azuis". Numa noite de fim de semana na Winesburg, as bolas azuis constituíam a regra, atingindo dezenas de alunos entre as dez horas e a meia-noite, porque a ejaculação, o mais agradável e natural dos remédios, era algo sempre fugidio e sem precedentes na carreira erótica dos estudantes que se encontravam no auge de sua capacidade libidinosa.

Meu companheiro de quarto, Elwyn, emprestou-me seu LaSalle preto na noite em que saí com Olivia Hutton. Foi uma noite no meio da semana, em que eu não tinha trabalho, por isso precisamos começar cedo para que ela voltasse ao dormitório às nove. Seguimos até o L'Escargot, o restaurante mais chique do Condado de Sandusky, a cerca de quinze quilômetros da universidade descendo pela margem do Wine Creek. Ela pediu caracóis, o prato da casa, mas eu não, em parte porque nunca havia comido aquilo, nem podia me imaginar comendo, mas também porque eu queria reduzir a conta. Levei-a ao L'Escargot porque ela parecia sofisticada demais para ir numa primeira saída ao Owl, onde se podia pedir hambúrguer, batatas fritas e uma Coca por menos de cinquenta centavos. Além disso, embora me sentisse pouco à vontade no L'Escargot, me sentia ainda pior no Owl, onde os fregueses costumavam se espremer nas mesas com outros membros de suas fraternidades ou associações femininas, e, tanto quanto eu sabia, conversavam quase exclusivamente sobre as festas do fim de semana anterior ou do fim de semana seguinte. Já estava farto deles e de seus hábitos sociais por trabalhar como garçom no Willard.

Ela pediu os caracóis e eu não. Ela vinha de um subúrbio rico de Cleveland e eu não. Seus pais eram divorciados e os meus não, nem poderiam ser. Ela fora transferida da Mount Holyoke para Ohio por causa do divórcio dos pais, ou ao menos foi o que me disse. E era ainda mais bonita do que eu notara na sala de aula. Nunca tinha olhado nos olhos dela tempo suficiente para ver como eram grandes. Nem havia reparado na transparência de sua pele. Nem ousado olhar para sua boca tempo suficiente para me dar conta de como seu lábio superior era carnudo e como se projetava provocantemente quando ela falava certas palavras, palavras que começavam com "m", "u", "r", "s" ou "ch", como a comuníssima "muito".

Depois de uns dez ou quinze minutos de conversa, ela surpreendentemente esticou o braço por sobre a mesa para tocar as costas de minha mão. "Você é tão intenso", disse. "Relaxe."

"Não sei como relaxar", respondi, e, embora o dissesse em tom jocoso e encabulado, era a mais pura verdade. Estava sempre exigindo algo de mim. Sempre querendo atingir um objetivo. Fazendo entregas e depenando galinhas e limpando cepos de açougue e tirando notas 10 a fim de nunca desapontar meus pais. Diminuindo a pegada do bastão só para acertar na bola e fazê-la cair entre os jogadores adversários postados em torno das bases e aqueles que guardavam as áreas mais distantes do campo. Pedindo transferência da Robert Treat para escapar das restrições sem sentido de meu pai. Não entrando para nenhuma fraternidade a fim de me concentrar exclusivamente nos estudos. Encarando o Corpo de Treinamento dos Oficiais da Reserva com a maior seriedade na tentativa de não acabar morto na Coreia. E agora o objetivo era Olivia Hutton. Eu a havia levado a um restaurante cuja conta correspondia a quase metade da minha remuneração semanal porque queria que pensasse que eu era um sujeito tão sofisticado e cosmopolita quanto ela, ao mesmo tempo que desejava que o jantar acabasse quase antes de começar a fim de poder pô-la no banco da frente do carro e estacionar em qualquer lugar onde fosse possível tocá-la. Até então, minha lascívia se resumira a carícias manuais. Havia tocado em duas garotas no ginásio. Tinha namorado cada uma delas por quase um ano. Só uma topou me tocar também. Eu precisava tocar em Olivia, porque só assim teria alguma chance de perder a virgindade antes de me formar e ir para o Exército. Isso mesmo, outro objetivo: apesar dos obstáculos impostos pelas convenções que ainda dominavam a vida no campus de uma pequena e sofrível universidade do Meio-Oeste nos anos imediatamente posteriores à Segunda Guerra Mundial, eu estava decidido a ter relações sexuais antes de morrer.

Terminado o jantar, contornei o campus e fui até os limites da cidade, estacionando na estrada que margeava o cemitério. Como já passava um pouco das oito, eu tinha menos de uma hora para levá-la de volta ao dormitório e fazê-la entrar antes que as portas fossem trancadas pelo resto da noite. Não sabia se devia estacionar ali e temia que o carro da polícia que vigiava a ruela nos fundos da hospedaria parasse atrás do LaSalle do Elwyn com os faróis acesos, quando então um dos policiais se aproximaria a pé e, iluminando com a lanterna o banco da frente, perguntaria a ela: "Tudo bem, senhorita?". Era isso que eles perguntavam nesse tipo de situação, e em Winesburg aquilo acontecia o tempo todo.

Assim, tinha boas razões para me preocupar com os policiais e com o adiantado da hora — oito e dez — quando desliguei o motor do LaSalle e me virei para beijá-la. Sem se fazer de rogada, ela me beijou de volta. Dei-me uma instrução: "Evite ser rejeitado, pare por aqui!", mas o conselho era ridículo e minha ereção concordou com isso. Escorreguei delicadamente a mão por baixo de seu casaco, desabotoei a blusa e avancei sobre o sutiã. Reagindo à minha tentativa de acariciá-la através do tecido da taça do sutiã, ela abriu mais a boca e continuou a me beijar, agora com o estímulo adicional de sua língua. Eu estava numa estrada às escuras, com a mão se movendo dentro da blusa de alguém e sua língua se movendo dentro da minha boca, aquela mesma língua que vivia sozinha no interior de sua boca e que agora parecia o mais promíscuo dos órgãos. Até então eu nunca sentira a língua de ninguém em minha boca, exceto a minha própria. Isso, por si só, quase me fez gozar. Isso, por si só, já era sem dúvida suficiente. Mas a rapidez com que ela me havia deixado continuar — e aquela língua dardejando, esfregando, deslizando, lambendo meus dentes, aquela língua que era como um corpo cuja pele houvesse sido descascada — incitou-me a tentar conduzir mansamente sua mão para o meio de minhas pernas. E outra vez não encontrei a menor resistência. *Não houve nenhuma luta.*

O que aconteceu depois me deixou perplexo por várias semanas. E mesmo morto, como estou agora e tenho estado sei lá por quanto tempo, tento reconstruir os costumes que imperavam naquele campus e recapitular meus esforços canhestros para esquivar-me deles, pois foram esses esforços que, provocando uma série de desastres, terminaram por causar minha morte aos dezenove anos. Ainda agora (se é que "agora" continua a significar alguma coisa) — mais além da existência corpórea, estando vivo aqui (se é que "aqui" ou "eu" significam alguma coisa) apenas como memória (se é que "memória" constitui o meio que inclui tudo e no qual estou sendo mantido como "eu") — continuo a me sentir perplexo com o comportamento de Olivia. Será que a eternidade serve para isso, para que meditemos sobre as minúcias de toda uma vida? Quem poderia imaginar que teríamos de relembrar para sempre cada momento da vida até seu mais ínfimo pormenor? Ou será que essa é apenas a minha vida após a morte, e, se toda vida é única, assim também será cada vida após a morte, cada qual uma impressão digital imperecível de uma vida após a morte diferente da de qualquer outra pessoa? Não sei dizer. Tal como na vida, só sei o que é, e na morte o que é vem a ser o que era. Você não está acorrentado à sua vida somente enquanto a vive, ela continua grudada em você depois da morte. Ou, quem sabe, isso talvez só ocorra comigo. Quem poderia ter me dito isso? E a morte por acaso teria sido menos aterrorizante se eu entendesse que ela não era um nada infindável, e sim um processo pelo qual a memória reflete eternamente sobre si própria? Embora este relembrar perpétuo talvez seja apenas a antessala do olvido. Como ateu, presumi que na vida após a morte não haveria um relógio, um corpo, um cérebro, uma alma, um deus — nada, em qualquer forma ou substância, a decomposição reinando absoluta. Não sabia que existiria a lembrança e muito menos que a lembrança seria tudo. Nem tenho ideia se minhas recordações já duram três horas ou um milhão de anos. Não é a memória que se extingue aqui, é o tempo. Não há descanso, porque na vida após a morte também não se dorme. A menos que estejamos em pleno sono, e o sonho de um passado que jamais retornará permaneça com o falecido para sempre. Mas, sonho ou não, aqui não há nada para pensar senão na vida pregressa. Será que isso faz daqui o inferno? Ou o céu? Melhor do que o olvido ou pior? Estaríamos justificados ao menos em pensar que a incerteza desapareceria com a morte. Mas, na medida em que não tenho ideia de onde estou, do que sou e de por quanto tempo permanecerei neste estado, a incerteza parece ser duradoura. Este certamente não é o céu espaçoso da imaginação religiosa, onde todos nós, os bons, nos encontramos reunidos de novo, felicíssimos porque a espada da morte não mais está suspensa sobre nossa cabeça. Para fins de registro, tenho uma forte suspeita de que aqui também se pode morrer. Aqui não se pode avançar, isso é incontestável. Não há portas. Não há dias. A única direção (por enquanto?) é para trás. E o julgamento é interminável, não porque alguma divindade nos julgue, mas porque as ações de cada um são julgadas para sempre, e com muita má vontade, por nós mesmos.

Se você me perguntar como pode ser isso — memória em cima de memória, nada mais do que memória —, obviamente não sei como responder, e não porque não exista um "você" ou um "eu", do mesmo modo que também não existe um "aqui" e um "agora", mas porque tudo que existe é o passado rememorado — não revivido, note bem, na forma direta que as sensações nos trazem, mas apenas reencenado. E quanto mais de meu passado sou capaz de aguentar? Narrando outra vez minha vida para mim mesmo hora após hora num mundo sem relógios, encafuado sem corpo numa caverna feita de recordações, sinto-me como se estivesse agindo assim há um milhão de anos. Será que isso realmente vai continuar — meus parcos dezenove anos presentes para sempre enquanto tudo mais se foi, meus parcos dezenove anos inescapavelmente aqui, persistentemente presentes, enquanto tudo que foi necessário para tornar reais esses dezenove anos, enquanto tudo que me situou no meio das coisas, permanece uma quimera muito, muito longínqua?

Não pude acreditar então — e, por mais ridículo que seja, continuo não podendo acreditar — que aquilo que aconteceu depois aconteceu porque Olivia queria que acontecesse. Não era assim que as coisas se passavam entre um rapaz educado de acordo com os padrões convencionais e uma garota de boa formação em 1951, quando eu estava vivo e os Estados Unidos participavam de uma guerra pela terceira vez em menos de meio século. Eu certamente não podia acreditar que o que aconteceu tivesse algo a ver com o fato de ela me achar atraente, e muito menos desejável. Que garota achava um rapaz "desejável" na Universidade Winesburg? Eu, por exemplo, jamais ouvira falar que as garotas de Winesburg, Newark ou de qualquer outro lugar tivessem esse tipo de sentimento. Tanto quanto eu sabia, as garotas não se excitavam em razão de algum desejo sexual; o que as excitava eram os limites, as proibições, os tabus puros e simples, tudo enfim que contribuísse para reforçar a ambição fundamental da maioria das alunas contemporâneas minhas na Winesburg: restabelecer, com um jovem confiável e bem empregado, o mesmo tipo de vida familiar da qual se haviam afastado temporariamente ao frequentar a universidade, e fazer isso o mais rápido possível.

Nem podia acreditar que Olivia fez o que fez porque gostava de fazê-lo. Era um pensamento espantoso demais até para um rapaz de mente aberta e inteligente como eu. Não, o que aconteceu só podia ser a consequência de alguma coisa errada com ela, embora não necessariamente um defeito moral ou intelectual — na aula ela me impressionava por ser mentalmente superior a qualquer outra garota, e nada no jantar me levara a crer que não tivesse um caráter muito sólido. Não, o que ela fez só podia ser consequência de uma anormalidade. "É porque os pais dela se divorciaram", eu disse a mim mesmo. Não havia outra explicação para um enigma tão profundo.

Quando voltei ao quarto, Elwyn ainda estava estudando. Devolvi as chaves do LaSalle e ele as pegou enquanto continuava a sublinhar certas frases num de seus livros de engenharia. Vestia as calças do pijama e uma camiseta. Quatro garrafas vazias de Coca alinhavam-se sobre a escrivaninha. Ele ainda beberia pelo menos outras quatro antes de ir para a cama por volta da meia-noite. Não fiquei surpreso por não me perguntar sobre a saída — ele próprio nunca saía com nenhuma garota nem frequentava os eventos sociais de sua fraternidade. Praticara luta livre no colégio ginasial em Cincinnati, mas havia abandonado os esportes na universidade para se dedicar aos estudos de engenharia. Seu pai era dono de uma companhia de rebocadores no rio Ohio e ele planejava sucedê-lo algum dia à frente da empresa. Na luta para atingir esse objetivo era ainda mais obsessivo que eu.

Mas como eu poderia me lavar, vestir o pijama e ir dormir sem dizer nada a ninguém sobre algo tão extraordinário que havia acontecido comigo? E, no entanto, foi o que decidi fazer e quase consegui, até que, depois de ficar deitado por uns quinze minutos enquanto Elwyn permanecia estudando sentado à escrivaninha, fiquei de pé num salto e anunciei: "Ela chupou o meu pau".

"Ãhn, ãhn", disse Elwyn sem afastar os olhos da página que estava estudando.

"Ela me fez um boquete."

"Sei", disse Elwyn depois de algum tempo, produzindo com dificuldade aquela palavra para indicar que sua atenção continuaria focada no estudo, independentemente do que eu pudesse estar querendo falar.

"E eu nem pedi", disse. "Não teria sonhado em pedir um troço desses. Nem conheço ela. E ela chupou meu pau. Você já ouviu falar numa coisa dessas?"

"Não", respondeu Elwyn.

"É porque os pais dela se divorciaram."

Só então ele olhou para mim. Tinha um rosto redondo e uma cabeçorra. Seus traços eram tão simples que podiam ter sido copiados daqueles que uma criança entalha numa abóbora no Dia das Bruxas. Em termos gerais, ele havia sido construído segundo um molde totalmente utilitário e não dava a impressão de que, como eu, precisasse controlar de perto suas emoções — se é que tivesse alguma emoção rebelde capaz de exigir tal monitoramento. "Ela te disse isso?", perguntou.

"Ela não disse nada. É puro palpite meu. Ela só fez o troço. Puxei a mão dela para as minhas calças e, por conta própria, sem que eu fizesse mais nada, ela abriu o zíper da braguilha, tirou o pau pra fora e chupou."

"Bom, fico feliz por você, Marcus, mas, se não se importar, tenho um trabalho para fazer."

"Quero te agradecer pelo carro. Isso não teria acontecido sem o carro."

"Ele andou bem?"

"Perfeito."

"Tinha mesmo que andar. Acabei de passar graxa no motor todo."

"Ela deve ter feito isso antes", eu disse a Elwyn. "Não acha?"

"Pode ser", ele respondeu.

"Não sei o que pensar disso tudo."

"Isso é claro."

"Não sei se devo sair com ela outra vez."

"Só depende de você", ele disse em tom conclusivo. Por isso, em silêncio, fiquei na cama de cima do beliche sem conseguir dormir, tentando resolver comigo mesmo o que pensar de Olivia Hutton. Como é que uma felicidade tão grande quanto a que eu tivera podia ser também um tamanho peso? Eu, que deveria estar me sentindo o homem mais satisfeito de toda a Winesburg, em vez disso me sentia o mais confuso.

Embora ao refletir sobre o assunto eu achasse estranha a conduta de Olivia, tudo me pareceu ainda mais impenetrável quando, tendo nos encontrado na aula de história e, como de hábito, sentado lado a lado, imediatamente comecei a me lembrar do que ela havia feito — e da minha reação. No carro, fora tomado por tamanha surpresa que havia me empertigado no assento e ficado olhando para a cabeça que se movia na altura de meu ventre, como se estivesse assistindo a alguém fazer aquilo com outra pessoa. Não que antes houvesse visto coisa igual, exceto numa ou noutra fotografia pornográfica avulsa — sempre amassada e esfarrapada nas beiradas por ser passada de mão em mão entre centenas de garotos excitados — que costumava ser a posse mais valiosa dos meninos renegados que tiravam as piores notas no ginásio. Eu estava tão pasmo pela cumplicidade de Olivia quanto pelo zelo e concentração com que ela executava a tarefa. Como ela sabia o que fazer e como fazer? E o que aconteceria se eu gozasse, o que parecia muito provável desde o primeiro momento? Será que deveria avisá-la — caso tivesse tempo suficiente para isso? Ou deveria ter a consideração de gozar no meu lenço? Ou abrir a porta do carro com um repelão e borrifar a rua do cemitério em vez de fazer isso em cima de um de nós ou dos dois? Sim, faça isso, pensei, goze na rua. Mas, obviamente, eu não podia. A ideia simplesmente inimaginável de gozar em sua boca — ou em qualquer coisa que não fosse o ar, um lenço de papel ou uma meia suja — era uma tentação estupenda demais para ser repudiada por um novato. E, no entanto, Olivia nada dizia.

Pensei que, para uma filha de pais divorciados, tudo que ela fizesse ou fosse feito com ela estava bem. Demorou algum tempo até eu entender, como finalmente o fiz (tanto quanto eu saiba, um milênio depois), que o que quer que eu fizesse também estaria bem para mim.

Passaram-se vários dias e não a convidei para sair de novo. Nem, quando depois da aula seguíamos em passos arrastados para o corredor, tentei falar com ela outra vez. Então, numa gelada manhã de outono, nos encontramos por acaso na livraria dos alunos. Não posso dizer que não tivesse a esperança de dar com ela em algum lugar, muito embora, quando nos encontrávamos na aula, eu nem acusasse sua presença. Cada vez que dobrava uma esquina no campus eu tinha a esperança não apenas de vê-la mas de me ouvir dizer: "Temos de sair outra vez. Preciso ver você. Você tem de ser minha e de mais ninguém!".

Ela vestia um casaco de inverno de pele de camelo e meias de lã longas; os cabelos castanhos estavam cobertos por um chapéu bem apertado de lã branca encimado por uma bola felpuda de lã vermelha. Tendo chegado havia pouco da rua, com as maçãs do rosto bem coradas e o nariz escorrendo um pouco, ela parecia ser a última garota no mundo capaz de fazer um boquete em alguém.

"Oi, Marc", ela disse.

"Opa, oi", respondi.

"Fiz aquilo porque gostei muito de você."

"Como é?"

Ela tirou o chapéu e sacudiu os cabelos — abundantes e compridos, e não curtos com uma franja de cachinhos, como usavam quase todas as alunas no campus.

"Eu disse que fiz aquilo porque gostei de você. Sei que você não consegue entender. Sei que é por isso que não me procurou e me evita na aula. Por isso estou explicando para você." Seus lábios se abriram num sorriso e eu pensei que, com aqueles lábios, ela, sem que eu forçasse, de forma totalmente voluntária... E, no entanto, eu é que me sentia sem jeito! "Algum outro mistério?", ela perguntou.

"Ah, não, está tudo bem."

"Mas *não* está", ela disse, agora franzindo a testa — e toda vez que sua expressão mudava, a beleza mudava junto. Ela não era uma garota bonita, era vinte e cinco garotas bonitas. "Você está muito distante de mim. Não, não está tudo bem com você", continuou. "Gostei da sua seriedade. Gostei da sua maturidade no jantar — ou o que considerei maturidade. Fiz uma brincadeira sobre ela, mas gostei da sua intensidade. Nunca encontrei ninguém tão intenso. Gostei da sua aparência, Marcus. Ainda gosto."

"Você já fez aquilo com outra pessoa?"

"Fiz", respondeu sem hesitar. "Ninguém fez isso com você?"

"Ninguém chegou nem perto."

"Então você acha que eu sou uma vagabunda", disse ela franzindo a testa de novo.

"Claro que não", apressei-me em tranquilizá-la.

"Você está mentindo. É por isso que não tem falado comigo. Porque eu sou uma vagabunda."

"Fiquei surpreso", eu disse, "só isso."

"Alguma vez te ocorreu que eu também tivesse ficado surpresa?"

"Mas você fez aquilo antes. Acabou de me dizer que fez."

"Essa foi a segunda vez."

"Você ficou surpresa na primeira vez?"

"Eu estava na Mount Holyoke. Foi numa festa na Amherst. Eu estava bêbada. A coisa toda foi horrível. Eu não sabia de nada. Estava bebendo o tempo todo. Por isso fui transferida. Eles me suspenderam. Passei três meses numa clínica de reabilitação. Não bebo mais. Não bebo nada com álcool e nunca vou voltar a beber. Desta vez fiz sem estar bêbada. Não estava bêbada nem maluca. Queria fazer aquilo para você não porque sou uma vagabunda, mas porque queria te fazer uma coisa boa. Queria te dar aquilo. Você não consegue entender que eu queria te dar aquilo?"

"Parece que não consigo."

"Eu-queria-te-dar-o-que-você-queria. Será que é muito difícil entender essas palavras? São todas bem simples. Meu Deus", ela disse, aborrecida, "qual é o seu problema?"

Na vez seguinte em que nos encontramos na aula de história, ela preferiu sentar-se numa cadeira nos fundos da sala, de modo que eu não pudesse vê-la. Agora que eu sabia que ela fora obrigada a deixar a Mount Holyoke por causa da bebida e que havia precisado ficar internada numa clínica por três meses a fim de parar de beber, eu tinha razões ainda maiores para me manter afastado dela. Eu não bebia, meus pais quase nunca bebiam, e para que eu iria me meter com alguém que, sem ter nem vinte anos, já havia sido hospitalizada por alcoolismo? No entanto, embora estivesse convencido da necessidade de não ter mais nada com ela, mandei-lhe uma carta pelo correio do campus:

Querida Olivia,

Você acha que me afastei por causa do que aconteceu no carro naquela noite. Não é verdade. Como te expliquei, é que nada como aquilo tinha acontecido comigo. Assim como nenhuma garota até hoje me disse nada parecido com o que você me disse na livraria. Tive namoradas que eu achava bonitas e dizia isso para elas, mas nenhuma garota, com exceção de você, disse que me achava bonito ou demonstrou apreciar qualquer outra coisa a meu respeito. Foi assim com todas as garotas que conheci até hoje ou de que ouvi falar, mas só me dei conta disso depois do que você disse na livraria. Você é diferente de todas as pessoas que eu conheci, e a última coisa que merece é ser chamada de vagabunda. Acho você excepcional. Você é bonita. Você é madura. Você tem, admito, muito mais experiência do que eu. Foi isso que me perturbou. Fiquei confuso. Me desculpe. Fale comigo na aula.

Marc

Mas ela não falou, nem mesmo olhou na minha direção. Não queria mais saber de mim. Eu a havia perdido, e não porque — acabei entendendo — seus pais eram divorciados, mas porque os meus não eram.

Por mais que eu me dissesse que estava melhor sem ela e que ela bebia pela mesma razão por que havia chupado meu pau, eu não conseguia parar de pensar em Olivia. Tinha medo dela. Eu era tão mau quanto meu pai. Eu *era* o meu pai. Não o havia deixado lá em New Jersey, enredado em suas apreensões e enlouquecido por premonições assustadoras: eu me transformara nele em Ohio.

Quando ligava para seu dormitório, ela não atendia as chamadas. Quando tentava fazê-la falar comigo depois das aulas, ela se afastava. Escrevi outra vez:

Querida Olivia,

Fale comigo. Encontre-se comigo. Me perdoe. Fiquei dez anos mais velho depois que saímos. Sou um homem.

Marc

Pelo que havia de pueril naquelas três últimas palavras — pueril, suplicante e falso —, carreguei a carta no bolso por quase uma semana antes de enfiá-la pela fenda da caixa de correspondência do campus no porão do dormitório.

Recebi isto de volta:

Querido Marcus,

Não posso me encontrar com você. Você só vai fugir de mim de novo, dessa vez quando vir a cicatriz que tenho no pulso. Se você a tivesse visto na noite em que saímos, eu teria honestamente lhe explicado tudo. Estava preparada para fazer isso. Não tentei escondê-la, você é que simplesmente não reparou nela. É a cicatriz de um corte com uma gilete. Tentei me matar na Mount Holyoke. Foi por isso que passei três meses internada. Fiquei na Clínica Menninger, em Topeka, Kansas. O Sanatório e Hospital Psicopático Menninger. Assim você fica sabendo o nome todo. Meu pai é médico e conhece gente de lá, por isso a família me internou nessa clínica. Usei a gilete quando estava bêbada, mas fazia tempo que vinha pensando em fazer isso, numa época em que eu não estava vivendo de verdade, só ia de uma aula a outra fingindo que estava vivendo. Se eu estivesse sóbria não teria fracassado. Por isso, três vivas aos dez copos de uísque de centeio e ginger ale *sem os quais eu não estaria aqui hoje. Isso e minha incapacidade de fazer qualquer coisa direito. Não tenho competência nem para me matar. Não consigo justificar minha existência nem assim. Complexo de culpa deveria ser meu sobrenome.*

Não lamento ter feito o que fizemos, mas não devemos mais fazer aquilo. Esqueça de mim e siga seu caminho. Não há ninguém por aqui como você, Marcus. Você não se tornou um homem agora, é muito provável que tenha sido um homem a vida inteira. Nem consigo te imaginar como um "menino" quando você era mais moço. E certamente nunca um menino como os meninos que andam por aqui. Você não é uma alma simples e não tem nenhuma razão para estar aqui. Se você sobreviver à mediocridade deste lugar horroroso, vai ter um futuro brilhante. Afinal de contas, por que você veio para a Winesburg? Estou aqui porque o lugar é muito careta, a ideia é que ele me transforme numa garota normal. Mas e você? Você devia estar estudando filosofia na Sorbonne e vivendo num sótão em Montparnasse. Nós dois devíamos. Adeus, homem lindo!

Olivia

Li a carta duas vezes e, pelo bem que me fez, gritei: "Não há ninguém por aqui como você! E nem é uma alma simples!". Eu a havia visto usando a caneta Parker 51 para tomar notas na classe — uma caneta marrom e vermelha de casca de tartaruga —, mas jamais vira sua caligrafia ou como ela assinava o nome com a ponta da pena, o formato estreito do "O", a curiosa distância entre os "i"s e seus pingos, a longa e graciosa curva ascendente com que terminava o "a". Encostei a boca na página e beijei o "O". Beijei e beijei. Então, num impulso, comecei a lamber a tinta da assinatura com a ponta da língua e, tão paciente quanto um gato diante do vaso de leite, lambi até não haver mais "O", "l", "i", "v", o segundo "i", o "a" — lambi até que a curva final desaparecesse de todo. Eu havia bebido sua escrita. Havia comido seu nome. Tive de fazer um grande esforço para não comer a coisa toda.

Naquela noite não pude me concentrar no trabalho de casa porque continuei fixado em sua carta, que li várias vezes, de baixo para cima e depois de cima para baixo, começando com "homem lindo" e terminando com "não posso me encontrar com você". Por fim interrompi Elwyn, sentado à escrivaninha, e perguntei se ele podia ler a carta e me dizer o que achava. Afinal de contas, tratava-se do colega de quarto em cuja companhia eu passava horas estudando e dormindo. Eu disse: "Nunca recebi uma carta como essa". Esse foi o refrão desconcertante ao longo daquele último ano de minha vida: nunca me aconteceu nada assim. Mostrar aquele tipo de carta ao Elwyn — ele que queria dirigir uma empresa de rebocadores no rio Ohio — foi, sem dúvida, um grande e estúpido erro.

"Essa é a fulana que te chupou o pau?", perguntou ao terminar.

"Bom... é ela mesmo."

"No carro?"

"Bem, você sabe... sim."

"Ótimo", ele disse. "Só me falta uma puta dessas cortar os pulsos no meu LaSalle."

Fiquei com raiva por ele ter chamado a Olivia de puta e decidi imediatamente que arranjaria outro quarto e outro companheiro. Levei uma semana para encontrar uma vaga no último andar do Neil Hall, o mais velho edifício-dormitório do campus. Datava do tempo em que a universidade era um seminário batista e, embora tivesse escadas de incêndio externas, todos o chamavam de Barril de Pólvora. O quarto permanecera vago durante anos até que preenchi outra vez os papéis necessários na secretaria do diretor de alunos e me mudei para lá. Era bem pequeno e ficava no fim de um corredor com um assoalho de madeira rangedor; tinha uma água-furtada alta e estreita que parecia não haver sido lavada desde que o prédio fora construído, um ano após o fim da Guerra Civil.

Queria arrumar as malas e sair do quarto no Jenkins Hall sem precisar ver Elwyn e lhe explicar por que estava indo embora. Queria desaparecer e não ter de suportar jamais aqueles seus silêncios. Não suportava seu silêncio e não suportava as poucas coisas que dizia de má vontade — isso quando se dignava a falar. Não me dera conta do quanto não gostava dele antes mesmo que chamasse Olivia de puta. Os silêncios intermináveis me faziam pensar que ele me rejeitava por alguma razão — porque eu era judeu, porque não estudava engenharia, porque não pertencia a nenhuma fraternidade, porque não me interessava em ficar mexendo nos motores de carros ou tripulando rebocadores, por não ser qualquer outra coisa além do que era — ou talvez apenas não desse a mínima para a minha existência. Sim, ele havia me emprestado seu adorado La Salle quando pedi, o que por algum tempo me fez pensar que havia mais camaradagem entre nós do que ele podia ou desejava demonstrar, ou quem sabe ele fosse suficientemente humano para vez por outra fazer algo generoso e inesperado. Mas então havia chamado Olivia de puta e passei a odiá-lo. Olivia Hutton era uma garota maravilhosa que de algum modo se tornara alcoólatra na Mount Holyoke e tragicamente tentara se matar com uma gilete. Ela não era uma puta. Era uma heroína.

Ainda estava arrumando minhas duas malas quando Elwyn apareceu de surpresa no quarto no meio do dia, passou direto por mim, pegou dois livros na extremidade de sua escrivaninha e, dando meia-volta, caminhou para a porta sem dizer nada como de costume.

"Estou me mudando", eu disse.

"E daí?"

"Ah, vai se foder", respondi.

Ele pôs os livros no chão e me deu um soco no queixo. Achei que ia desabar, depois que ia vomitar e por fim, segurando o rosto onde me atingira para ver se estava sangrando, se o osso tinha se quebrado ou se eu perdera algum dente, fiquei olhando enquanto ele apanhava de volta os dois livros e saía pela porta.

Eu não compreendia Elwyn, não compreendia Flusser, não compreendia meu pai, não compreendia Olivia — não compreendia ninguém nem nada. (Outro tema importante do último ano de minha vida.) Por que uma garota tão bonita, tão inteligente e tão sofisticada iria querer morrer aos dezenove anos? Por que se tornara uma bêbada na Mount Holyoke? Por que havia querido me fazer um boquete? Para me "dar" alguma coisa, como disse? Não, existia algo mais por trás do que ela havia feito, mas esse algo mais me escapava. Nem tudo podia ser explicado pelo divórcio de seus pais. E, se pudesse, que diferença faria? Quanto mais confuso eu ficava pensando nela, mais a desejava; quanto mais meu queixo doía, mais a desejava. Na defesa de sua honra, levara um soco na cara pela primeira vez na vida, e ela não sabia disso. Estava me mudando para o Neil Hall por causa dela, e ela também não sabia. Estava apaixonado por ela, e ela não sabia — eu próprio havia acabado de descobrir isso. (Outro tema: descobrir as coisas assim por acaso.) Tinha me apaixonado por alguém que fora uma adolescente alcoólatra, que havia sido internada num sanatório psiquiátrico após tentar o suicídio com uma gilete, filha de pais divorciados e, para completar, uma gói. Me apaixonara exatamente por — ou me apaixonara pela loucura de me apaixonar por — aquela garota que meu pai deve ter imaginado que estava na cama comigo na primeira noite em que me trancou fora de casa.

Querida Olivia,

Eu vi a cicatriz no jantar. Não foi difícil entender como foi parar lá. Não disse nada porque, se você não quis falar no assunto, que razão eu teria para fazê-lo? Também depreendi, quando me disse que não queria beber nada, que era alguém que costumava beber muito antes. Nada em sua carta é surpresa para mim.

Gostaria muito se ao menos pudéssemos passear juntos...

Ia escrever "passear juntos pelas margens do Wine Creek", mas não o fiz, com medo de que ela pensasse que eu estava perversamente sugerindo que poderia querer se jogar no rio. Não sabia o que estava fazendo ao mentir sobre o fato de ter reparado na cicatriz e ainda duplicar a mentira dizendo que havia manjado o lance da bebida por conta própria. Até que ela contasse sobre a bebida na carta, e apesar dos porres que eu presenciava todo fim de semana ao trabalhar no Willard, não me passava pela cabeça que uma pessoa tão jovem pudesse ser alcoólatra. E, quanto à aceitação tranquila da cicatriz em seu pulso... bem, aquela cicatriz, despercebida na noite em que saímos, era a única coisa em que eu pensava agora.

Teria sido então que começou o acúmulo de erros de toda uma vida (caso eu tivesse tido uma vida inteira para cometê-los)? Naquela hora pensei que era o início de minha condição de homem adulto. Pensei até que os dois momentos houvessem coincidido. Só sabia que a cicatriz era a causa de tudo. Estava fascinado. Nunca uma coisa me perturbara tanto. A história do alcoolismo, a cicatriz, o sanatório, a fragilidade, a força — eu estava escravizado a tudo aquilo. Ao heroísmo de tudo aquilo.

Terminei a carta:

Se você voltar a se sentar ao meu lado na aula de história, vai permitir que eu preste atenção na aula. Fico pensando que você está sentada atrás de mim em vez de pensar no que estamos estudando. Olho para o lugar que já foi ocupado pelo seu corpo e a tentação de virar para trás é uma fonte permanente de distração — porque, linda Olivia, tudo o que quero é estar perto de você. Adoro seu rosto e estou louco pelo seu corpo tão elegante.

Fiquei na dúvida se escrevia "estou louco pelo seu corpo tão elegante, com cicatriz e tudo". Será que eu pareceria insensível ao fazer uma brincadeira com a cicatriz, ou o fato de fazer uma brincadeira com a cicatriz seria visto como uma demonstração de maturidade? Para não me arriscar, não escrevi "com cicatriz e tudo", mas acrescentei um P. S. enigmático: "Estou me mudando para o Neil Hall por causa de um desentendimento com meu companheiro de quarto", e enviei a carta pelo correio do campus.

Ela não voltou a se sentar ao meu lado na aula, preferindo ficar nos fundos da sala, fora de meu campo de visão. Apesar disso, todos os dias eu corria ao meio-dia para minha caixa de correio no porão do Jenkins Hall, a fim de ver se havia me respondido. Durante uma semana, deparei todos os dias com uma caixa vazia e, quando por fim apareceu uma carta, ela vinha do diretor de alunos.

Caro sr. Messner,

Chegou a meu conhecimento que o senhor passou a residir no Neil Hall após haver ocupado por curto espaço de tempo dois diferentes quartos no Jenkins Hall. Preocupam-me tantas mudan-

ças de residência por parte de um estudante transferido que está cursando o segundo ano da Winesburg há menos de um semestre. Peço-lhe o obséquio de agendar com minha secretária uma vinda ao meu escritório no curso desta semana. Faz-se necessário um breve encontro que, estou seguro, será útil para ambos.

Atenciosamente,
Hawes D. Caudwell
Diretor de Alunos

O encontro com o diretor Caudwell foi marcado para a quarta-feira seguinte, quinze minutos após o fim do serviço do meio-dia. A Winesburg havia passado a ser uma universidade laica duas décadas após sua fundação como seminário. No entanto, um dos últimos vestígios da fase inicial, quando o comparecimento aos atos religiosos era uma prática cotidiana, consistia na rígida exigência de que todos os estudantes, antes de se formar, presenciassem quarenta vezes o serviço das quartas-feiras, entre as onze horas e o meio-dia. O conteúdo religioso dos sermões havia sido diluído — ou camuflado — em uma dissertação sobre algum tópico moral, e os oradores nem sempre eram clérigos: em certas ocasiões falava algum luminar religioso, como o presidente da Igreja Luterana Unida dos Estados Unidos, porém uma ou duas vezes por mês a palestra era dada por professores da Winesburg ou de universidades vizinhas, juízes ou deputados do legislativo estadual. Mais da metade das vezes, contudo, o serviço era conduzido e o púlpito ocupado pelo doutor Chester Donehower, presidente do departamento de religião da Winesburg e ele próprio um pastor protestante, cujo tema constante era "Como avaliar-se à luz dos ensinamentos bíblicos". Havia um coral composto de uns cinquenta estudantes que vestiam togas, dois terços dos quais eram moças, e todas as semanas eles cantavam hinos cristãos para abrir e fechar as atividades; os serviços do Natal e da Páscoa, em que o coral apresentava músicas típicas da estação, eram os mais concorridos do ano. Embora a instituição já fosse laica havia quase um século, o serviço não era realizado num dos salões da universidade, e sim numa igreja metodista localizada entre a Main Street e o campus, a mais imponente da cidade e a única capaz de abrigar todo o corpo discente.

Eu era fortemente contrário a tudo que se referia a esses serviços, a começar pelo local. Não achava justo ter de me sentar contra a vontade numa igreja cristã e ouvir, durante quarenta e cinco ou cinquenta minutos, o doutor Donehower ou qualquer outra pessoa fazer um sermão a fim de que eu pudesse ser diplomado por uma instituição secular. Eu objetava não por ser um judeu praticante, mas por ser um ateu ardoroso.

Por isso, ao final de meu primeiro mês na Winesburg e após ter ouvido um segundo sermão do doutor Donehower ainda mais imbuído do "exemplo de Cristo" que o primeiro, segui diretamente da igreja para o campus e fui procurar na seção de catálogos da biblioteca informações que me permitissem escolher outra universidade, onde pudesse continuar livre do controle de meu pai sem ser forçado a comprometer minha consciência ouvindo baboseiras bíblicas a que não suportava me submeter. Para me livrar de meu pai, eu escolhera uma universidade que ficava a quinze horas de carro de New Jersey, difícil de alcançar de ônibus e trem e distante uns oitenta quilômetros do aeroporto comercial mais próximo — mas sem levar em consideração as crenças que, de forma rotineira, eram inculcadas em todos os jovens no interior dos Estados Unidos.

Para conseguir chegar até o fim do segundo sermão do doutor Donehower, precisei rebuscar na memória uma canção cujo ritmo impetuoso e letra marcial eu aprendera no primário, no auge da Segunda Guerra Mundial, quando, em reuniões semanais destinadas a promover as virtudes patrióticas, cantávamos a uma só voz os hinos das Forças Armadas: o *Anchors Aweigh* da Marinha, o *The Caissons Go Rolling Along* do Exército, o *Off We Go into the Wild Blue Yonder* da Aeronáutica, o *From the Halls of Montezuma* do Corpo de Fuzileiros Navais, bem como os hinos dos batalhões de construção naval e das tropas femininas. Cantávamos também o que nos foi dito ser o hino nacional de nossos aliados chineses na guerra iniciada pelos japoneses. A letra era a seguinte:

Erguei-vos, vós que vos recusais a serdes escravos!
Com nossa própria carne e sangue
Construiremos uma nova Grande Muralha!
O povo chinês encontrou o seu dia de perigo.
A indignação enche o coração de todos os nossos compatriotas,
Erguei-vos! Erguei-vos! Erguei-vos!
Cada coração com uma só vontade,
Enfrentai o fogo do inimigo,
Marchai adiante!
Enfrentai o fogo do inimigo,
Marchai adiante! Marchai adiante! Marchai adiante!

Devo ter cantado esses versos para mim umas cinquenta vezes durante o segundo sermão do doutor Donehower e outras cinquenta durante a interpretação pelo coral dos hinos cristãos daquela gente, enfatizando todas as vezes, de modo especial, cada uma das quatro sílabas da palavra "indignação".

O escritório do diretor de alunos ficava entre vários outros da administração no corredor do andar térreo do Jenkins Hall. O dormitório masculino, onde eu dormira numa cama-beliche debaixo do Bertram Flusser e depois do Elwyn Ayers, ocupava o segundo e o terceiro andar. Quando entrei em seu escritório vindo da antessala, o diretor deu a volta em torno da escrivaninha para apertar minha mão. Era magro e tinha ombros largos, um queixo protuberante, olhos azuis brilhantes e uma vasta cabeleira branca. Alto, provavelmente beirando os sessenta anos, ainda se movia com a agilidade do jovem atleta que se destacara em três esportes na Winesburg pouco antes da Primeira Guerra Mundial. As paredes estavam cobertas de fotografias dos times da Winesburg que haviam participado de campeonatos universitários e, atrás da escrivaninha, havia uma bola de futebol de bronze sobre um pedestal. Os únicos livros no escritório eram os anuários da universidade, chamados de *Ninho da coruja* e enfileirados em ordem cronológica numa estante com porta de vidro também colocada atrás da escrivaninha.

Fez um sinal para que eu me sentasse na cadeira à frente dele e, enquanto voltava para o seu lado da escrivaninha, comentou em tom amigável: "Quis que você viesse para nos conhecermos e ver se posso ajudá-lo a se adaptar à Winesburg. Vejo em seus registros" — levantou da escrivaninha um envelope pardo cujo conteúdo examinava quando cheguei — "que você só tirou notas 10 durante o primeiro ano. Não gostaria que nada na Winesburg prejudicasse de forma alguma esses notáveis resultados acadêmicos".

Minha camiseta estava empapada de suor antes mesmo que eu me sentasse e conseguisse pronunciar com esforço as primeiras palavras. E, naturalmente, estava ainda nervoso e agitado por ter saído havia pouco do serviço, tanto devido ao sermão do doutor Donehower quanto a minhas raivosas vocalizações internas do hino nacional da China. "Nem eu, doutor Caudwell", respondi.

Eu não esperava me ouvir chamando o diretor de doutor Caudwell, embora não fosse tão incomum que a timidez — sob a forma de uma grande formalidade — quase tomasse conta de mim quando eu era obrigado a confrontar pela primeira vez alguma pessoa em posição de autoridade. Conquanto nunca me deixasse humilhar, tinha de lutar contra um forte sentimento de intimidação, o que em geral só conseguia falando de um modo mais áspero do que a situação exigia. Seguidamente saía desse tipo de encontro me censurando pela timidez inicial e pela desnecessária franqueza com que depois a superara, jurando que, no futuro, responderia da forma mais breve possível a qualquer pergunta que me fosse feita, além de me manter calmo e tratar de calar a boca.

"Você vê alguma dificuldade potencial no horizonte aqui na universidade?", o diretor perguntou.

"Não, senhor. Não vejo nenhuma dificuldade, doutor Caudwell."

"Como vão as coisas com seus trabalhos de casa?"

"Creio que muito bem, doutor Caudwell."

"Você está tirando o proveito que esperava de seus cursos?"

"Sim, senhor."

A rigor, isso não era verdade. Meus professores ou eram muito rígidos ou muito informais para meu gosto, e durante aqueles primeiros meses no campus eu ainda não tinha encontrado nenhum tão fascinante quanto os que conhecera no primeiro ano da Robert Treat. Quase todos os meus professores da Robert Treat percorriam diariamente os vinte quilômetros entre Nova York e Newark para dar aulas, e me pareciam estar sempre cheios de energia e opiniões — algumas delas decidida e desavergonhadamente de esquerda, apesar das pressões políticas prevalecentes —, o que não ocorria com aquele pessoal do Meio-Oeste. Alguns de meus professores na Robert Treat eram judeus, agitados de um modo que não me era nada estranho. Mas mesmo os três que não eram judeus falavam bem mais rápido e com mais garra do que os professores da Winesburg, além de trazerem para as aulas, da efervescência que imperava do outro lado do rio Hudson, uma atitude mais incisiva, mais dura, mais vital e que não escondia necessariamente as aversões deles. Na cama, à noite, com Elwyn dormindo no beliche superior, eu frequentemente pensava naqueles maravilhosos professores que por sorte tivera lá e aos quais me devotara com afinco por me haverem pela primeira vez aberto as portas do verdadeiro conhecimento; e, com uma ternura inesperada que me comovia muito, pensava nos amigos do time do primeiro ano, tal como meu companheiro italiano Angelo Spinelli, todos agora perdidos para mim. Nunca senti na Robert Treat que havia algum estilo de vida antigo que todos os professores estivessem protegendo, coisa totalmente diversa do que sentia na Winesburg sempre que ouvia alguém exaltando as virtudes de suas "tradições".

"Você tem feito amizades?", Caudwell perguntou. "Está circulando e encontrando outros estudantes?"

"Sim, senhor."

Esperei que me pedisse uma lista dos que havia encontrado até então, imaginando que iria anotar seus nomes no bloco de papel amarelo usado por advogados que tinha à sua frente — onde já constava meu nome no cabeçalho — e os chamaria ao escritório para ver se eu falava a verdade. Mas ele se limitou a pegar uma garrafa de água sobre uma mesinha atrás da escrivaninha e encheu um copo, que me passou por cima da mesa.

"Muito obrigado, doutor Caudwell." Tomei um gole com cuidado para que a água não enveredasse pelo caminho errado, provocando um acesso de tosse. Também fiquei bastante ruborizado ao me dar conta de que lhe bastara ouvir minhas primeiras respostas para concluir o quanto minha boca estava seca.

"Então seu único problema é que você parece ter certa dificuldade em se adaptar à vida no dormitório, não é mesmo? Como disse em minha carta, estou um pouco apreensivo com o fato de você já ter ocupado três quartos diferentes nas suas primeiras semanas aqui. Diga-me, com suas próprias palavras, qual é o problema."

Na noite anterior eu tinha preparado uma resposta, sabendo muito bem que as mudanças seriam o assunto principal do encontro. Só que, agora, não conseguia lembrar o que planejara dizer.

"O senhor pode repetir a pergunta?"

"Acalme-se, filho", disse Caudwell. "Tome mais um pouco de água."

Fiz o que ele recomendou. Vou ser expulso da universidade, pensei. Por me mudar demais vezes vou ser convidado a deixar a Winesburg. É assim que vai acabar. Expulso, recrutado, mandado para a Coreia, morto.

"Qual é o problema com suas acomodações, Marcus?"

"No primeiro quarto que me deram" — sim, lá vinham as palavras que havia escrito e memorizado — "um de meus três companheiros ficava sempre ouvindo o toca-discos depois que eu ia para a cama e não me deixava dormir direito. E preciso dormir para fazer meus trabalhos. A situação era insuportável."

Eu havia me decidido por "insuportável" no último minuto, em vez de "inaceitável", o adjetivo que escolhera na noite anterior.

"Mas vocês não podiam ter se sentado e estabelecido uma hora para ele ouvir o toca-discos que conviesse aos dois?", Caudwell perguntou. "Precisava se mudar? Não havia outra escolha?"

"Não, eu precisava me mudar."

"Nenhuma maneira de chegar a um entendimento?"

"Não com ele, doutor Caudwell". Parei por aí, esperando que ele achasse admirável meu esforço em proteger Flusser, não mencionando seu nome.

"É comum você não conseguir chegar a um entendimento com pessoas de quem discorda?"

"Eu não diria que é 'comum', doutor Caudwell. Eu não diria que alguma coisa desse tipo já aconteceu comigo antes."

"E que tal seu segundo companheiro de quarto? Conviver com ele também parece que não deu certo. É verdade?"

"Sim, senhor."

"Por que você acha que isso aconteceu?"

"Nossos interesses não eram compatíveis."

"Por isso, também nesse caso não havia espaço para chegar a um entendimento."

"Não, senhor."

"E agora vejo que está sozinho. Vivendo sozinho sob o telhado do Neil Hall."

"A esta altura do semestre, esse foi o único quarto vazio que encontrei, doutor Caudwell."

"Beba mais um pouco de água, Marcus. Vai ajudá-lo."

Mas minha boca não estava mais seca. Eu também tinha parado de suar. Na verdade, fiquei com raiva daquele "vai ajudá-lo", quando considerava já ter superado o pior do meu nervosismo e estar me comportando tão bem quanto qualquer pessoa da minha idade naquele tipo de situação. Fiquei com raiva, me senti humilhado, de tão ressentido nem olhei na direção do copo. A troco de que eu tinha de encarar aquele interrogatório só porque havia mudado de um quarto para outro em busca da tranquilidade de que necessitava para estudar? O que é que ele tinha com isso? Será que não tinha nada melhor para fazer do que me interrogar sobre minhas acomodações nos dormitórios? Eu era um aluno que só tirava notas 10 — por que razão isso não era suficiente para *todos* os meus insaciáveis superiores (referindo-me com isso a dois, o diretor e meu pai)?

"E que tal a fraternidade a que você pertence? Você faz suas refeições lá, não?"

"Não pertenço a nenhuma fraternidade, doutor Caudwell. Não tenho interesse pela vida nas fraternidades."

"Quais são então seus interesses?"

"Meus estudos, doutor Caudwell. Aprender."

"Isso é admirável, sem dúvida. Mas nada mais? Teve contato com algum aluno desde que entrou na Winesburg?"

"Trabalho nos fins de semana, doutor Caudwell. Trabalho como garçom no bar da hospedaria. Preciso trabalhar para ajudar meu pai a cobrir minhas despesas, doutor Caudwell."

"Você não precisa fazer isso, Marcus, pode parar de me chamar de doutor Caudwell. Me chame de diretor. Winesburg não é uma academia militar e não estamos na passagem do século, e sim em 1951."

"Não me incomodo de chamá-lo de doutor Caudwell, diretor." Mas me incomodava. Odiava aquele rapapé. Por isso o estava chamando de doutor! Queria que ele pegasse a palavra "doutor" e enfiasse no rabo por haver me chamado a seu escritório para ser interpelado daquele jeito. Eu era um estudante excepcional. Por que isso não bastava para todo mundo? Eu trabalhava nos fins de semana. Por que isso não bastava para todo mundo? Eu não podia nem ter meu pau chupado pela primeira vez sem pensar, durante o próprio ato, o que tinha acontecido de errado para que aquilo me fosse permitido. Por que *isso* não era suficientemente bom para todo mundo? O que mais eu tinha de fazer a fim de provar às pessoas o meu valor?

O diretor imediatamente mencionou meu pai. "Consta aqui que seu pai é um açougueiro *kosher*."

"Não creio, doutor Caudwell. Lembro que escrevi apenas

'açougueiro'. É o que eu escreveria em qualquer formulário, tenho certeza."

"Bem, de fato foi isso que você escreveu. Estou apenas presumindo que ele é um açougueiro *kosher*."

"E é mesmo. Mas não foi o que eu escrevi."

"Admito isso. Mas não é errado identificá-lo mais precisamente como um açougueiro *kosher*, é?"

"Mas o que eu escrevi também não está errado."

"Fiquei curioso para saber por que você não escreveu '*kosher*', Marcus."

"Não achei relevante. Se o pai de algum aluno que estivesse se registrando fosse dermatologista, ou ortopedista, ou obstetra, será que ele não escreveria apenas 'médico'? Ou 'doutor'? Sei lá, acho que sim."

"Mas *kosher* não está na mesma categoria dessas especializações."

"Doutor Caudwell, se o senhor quer saber se eu estava tentando esconder a religião em que nasci, a resposta é não."

"Bem, decerto espero que não. Fico feliz em ouvir isso. Todas as pessoas têm o direito de praticar abertamente sua fé, e isso vale tanto para a Winesburg como para qualquer outro lugar do país. Por outro lado, reparei que no quesito 'preferência religiosa' você não escreveu 'judeu', embora descenda de judeus e, de acordo com a política da universidade de ajudar os alunos a residir junto com outros da mesma religião, lhe tenham sido inicialmente indicados companheiros de quarto judeus."

"Não escrevi *nada* no quesito sobre preferência religiosa, doutor Caudwell."

"Isso eu posso ver. Só me pergunto por quê."

"Porque não prefiro nenhuma. Porque não tenho preferência por uma religião em vez de outra."

"Então o que lhe dá amparo espiritual? A quem você pede quando precisa rezar?"

"Não preciso. Não acredito em Deus e não acredito em preces." Como debatedor no ginásio, fiquei conhecido pela capacidade de martelar até o fim meus argumentos — e foi o que fiz naquela hora. "Sou amparado pelo que é real e não pelo que é imaginário. A oração, para mim, é algo absurdo."

"É mesmo?", ele retrucou com um sorriso. "E, no entanto, milhões e milhões de pessoas fazem isso."

"Milhões de pessoas antigamente achavam que a Terra era plana, doutor Caudwell."

"É, isso é verdade. Mas, Marcus, deixe-me perguntar só por curiosidade, como é que você consegue levar sua vida — cheia de provações e sofrimentos como todas as nossas vidas — sem nenhuma orientação religiosa ou espiritual?"

"Eu só tiro notas 10, doutor Caudwell."

Isso provocou um segundo sorriso, um sorriso condescendente de que gostei menos ainda que o primeiro. Estava agora preparado para odiar o diretor Caudwell com todas as minhas forças por me submeter *àquela* provação.

"Não perguntei sobre suas notas", ele observou. "Conheço suas notas. Como já lhe disse, você tem todo o direito de se orgulhar delas."

"Se é assim, doutor Caudwell, então o senhor sabe a resposta à sua pergunta sobre como levo a vida sem nenhum amparo religioso ou espiritual. Vou levando muito bem."

Dava para ver que eu começara a irritá-lo, e de uma forma que não seria nada boa para mim.

"Bem, se é que posso dizer isto, não me parece que esteja levando a vida muito bem. Pelo menos não parece que se dá bem com seus companheiros de quarto. Parece que, tão logo surge uma diferença de opinião com um companheiro de quarto, você pega suas coisas e se muda."

"Há algo de errado em encontrar uma solução saindo com toda a calma?", perguntei, enquanto dentro de mim comecei a me ouvir cantando "Erguei-vos, vós que vos recusais a serdes escravos! Com nossa própria carne e sangue construiremos uma nova Grande Muralha!".

"Não necessariamente, como também não há nada de errado em encontrar uma solução chegando-se com toda a calma a um acordo e ficando. Olhe aonde você foi parar, no quarto menos desejável do campus. Um quarto onde ninguém quis ou teve de viver por muitos e muitos anos. Francamente, não gosto da ideia de você estar sozinho lá em cima. É o pior quarto da Winesburg, sem exceção. Faz cem anos que é o pior quarto no pior andar do pior dormitório. No inverno é uma geladeira e já no comecinho da primavera vira um forno, cheio de moscas. E foi aí que você escolheu passar seus dias e suas noites como aluno do segundo ano desta universidade."

"Mas não estou vivendo lá, doutor Caudwell, por não ter nenhuma crença religiosa — se é isso que o senhor está querendo insinuar."

"Então por que é?"

"É como expliquei", respondi — enquanto em minha mente cantava em voz alta "O povo chinês encontrou o seu dia de perigo". "No primeiro quarto eu não conseguia dormir o suficiente porque um companheiro insistia em ouvir o toca-discos até altas horas da noite, e no segundo quarto me vi convivendo com alguém cuja conduta considerei intolerável."

"A tolerância parece ser um problema para você, meu jovem."

"Nunca me disseram isso antes, doutor Caudwell", retruquei no justo instante em que cantava para dentro a linda palavra "in-dig-na-ção"! De repente me perguntei como seria em chinês. Queria aprender isso e circular pelo campus gritando a palavra a plenos pulmões.

"Parece que há várias coisas sobre você que nunca lhe foram ditas antes", ele respondeu. "Mas 'antes' você estava vivendo em casa, no seio de sua família desde criança. Agora você está vivendo como um adulto por conta própria no meio de mil e duzentas pessoas, e o que precisa aprender aqui na Winesburg, além das matérias que estuda, é como conviver com os outros e como ter tolerância com aqueles que não são uma cópia em papel-carbono de você."

Incitado por meu canto secreto, deixei escapar: "E então por que não mostrar alguma tolerância para comigo? Desculpe, doutor Caudwell, não quero ser rude ou insolente. Mas..." — e, para meu próprio assombro, inclinei-me para a frente e bati com o lado do punho na escrivaninha — "qual é exatamente o crime que eu cometi? De fato me mudei duas vezes, me mudei de um quarto de dormitório para outro — isso é considerado um crime na Winesburg? Isso me torna culpado de alguma coisa?".

Nesse ponto, ele se serviu da água e tomou um longo gole. Ah, se eu apenas pudesse ter tido a gentileza de servir-lhe a água. Se apenas pudesse ter lhe passado o copo e dito: "Acalme-se, diretor. Beba um pouco, sim?".

Com um sorriso generoso, ele respondeu: "Alguém disse que era um crime, Marcus? Você demonstra uma queda pelo exagero dramático. Não lhe cai bem e é uma característica que deve merecer alguma reflexão de sua parte. Agora, me conte como você se dá com a sua família. Está tudo bem em casa entre sua mãe, seu pai e você? Vejo aqui no formulário, onde você diz que não tem nenhuma preferência religiosa, que também não tem irmãos. Se devo considerar correto o que escreveu aqui, são só os três em casa".

"Por que não seria correto, doutor Caudwell?" Cale-se, eu disse a mim mesmo. Cale-se e, daqui para a frente, pare de avançar! Só que eu não podia. Não podia porque a queda pelo exagero não era minha, mas do diretor: aquele encontro era fruto da importância ridiculamente exagerada que ele dava ao lugar onde eu decidi morar. "Fui correto quando escrevi que meu pai era açougueiro", disse eu. "Ele é açougueiro. Eu não seria a única pessoa a descrevê-lo como açougueiro. Foi o senhor quem o descreveu como açougueiro *kosher*. O que, para mim, está bem. Mas isso não é razão para dar a entender que fui de algum modo incorreto ao preencher o pedido de admissão para a Winesburg. Não foi incorreto de minha parte deixar em branco o espaço referente à preferência religiosa..."

"Marcus, permita-me interrompê-lo. Visto da sua perspectiva, como vocês três se dão? Essa foi a pergunta que fiz. Você, sua mãe e seu pai — como vocês se dão? Uma resposta direta, por favor."

"Minha mãe e eu nos damos perfeitamente bem. Sempre nos demos. Assim como me dei bem com meu pai por quase toda a vida. Desde o último ano do primário até que entrei para a Robert Treat trabalhei em regime de tempo parcial para ele no açougue. Éramos tão próximos quanto podem ser um pai e um filho. Ultimamente houve alguma tensão entre nós, o que deixou os dois entristecidos."

"Tensão com respeito a quê, se posso saber?"

"Ele ficou desnecessariamente preocupado com minha independência."

"Desnecessariamente porque ele não tem nenhuma razão para se preocupar?"

"Nenhuma."

"Ele se preocupa, por exemplo, com sua incapacidade de se adaptar aos companheiros de quarto aqui na Winesburg?"

"Não falei a ele sobre meus companheiros de quarto. Não achei que fosse importante. Nem 'incapacidade de se adaptar' é a maneira certa de descrever essa dificuldade, doutor Caudwell. Não quero desviar minha atenção dos estudos por questões supérfluas."

"Eu não consideraria você se mudar duas vezes em menos de dois meses como uma questão supérflua, nem seu pai consideraria, tenho certeza, caso fosse informado da situação — como, aliás, tem todo o direito de ser. E também não creio que você se incomodaria em fazer as mudanças caso entendesse que se tratava de uma 'questão supérflua'. Mas, seja como for, Marcus, você saiu com alguma garota desde que entrou para a Winesburg?"

Fiquei ruborizado. "Erguei-vos, vós que vos recusais..." "Sim", respondi.

"Umas poucas? Várias? Muitas?"

"Uma."

"Só uma."

Antes que ele ousasse perguntar-me com quem, antes que eu fosse obrigado a dizer o nome dela e a responder a uma só pergunta sobre o que acontecera entre nós, levantei-me da cadeira. "Doutor Caudwell", eu disse, "não concordo em ser interrogado dessa forma. Não vejo o propósito disso. Não vejo por que eu deveria responder a perguntas sobre minhas relações com companheiros de quarto ou minha postura diante da religião ou como avalio a religião dos outros. Essas são questões particulares, assim como é minha vida social e o modo como a conduzo. Não estou infringindo nenhuma lei, meu comportamento não está causando nenhum mal ou prejuízo, e em nada do que fiz violei o direito de qualquer pessoa. Se os direitos de alguém estão sendo violados, são os meus."

"Sente-se de novo, por favor, e se explique."

Sentei-me e, dessa vez, por iniciativa própria bebi uma boa porção de água. Aquilo agora estava se transformando em algo maior do que eu era capaz de suportar, mas como capitular se ele estava errado e eu tinha razão? "Insurjo-me contra o fato de que, para receber o diploma, eu tenha de ir à igreja quarenta vezes antes de me formar, doutor Caudwell. Não vejo como a universidade possa ter o direito de me forçar a ouvir um pastor de qualquer denominação nem que seja por uma única vez, ou ouvir um hino cristão que invoca a divindade cristã nem que seja por uma única vez, já que sou ateu e, para ser franco, me sinto profundamente ofendido pelas práticas e crenças das religiões organizadas." Agora não podia me conter, embora me sentisse enfraquecido. "Não preciso dos sermões de moralistas profissionais para me dizer como devo agir. Certamente não preciso de nenhum deus que me diga como me conduzir. Sou perfeitamente capaz de levar uma vida moral sem acreditar em crenças impossíveis de comprovar e que desafiam nossa credulidade, crenças que, a meu juízo, não passam de histórias da carochinha em que os adultos acreditam, tão sem fundamento na realidade quanto a crença em Papai Noel. Presumo, doutor Caudwell, que o senhor conheça os escritos de Bertrand Russell, o famoso matemático e filósofo inglês que ganhou no ano passado o Prêmio Nobel de Literatura. Uma das obras literárias pelas quais ele ganhou o Prêmio Nobel é um ensaio muito conhecido que foi apresentado pela primeira vez numa palestra, em 1927, com o título de 'Por que não sou um cristão'. O senhor conhece esse ensaio, doutor Caudwell?"

"Por favor, sente-se outra vez."

Fiz o que ele disse, mas continuei falando. "Estou perguntando se o senhor conhece esse importante ensaio de Bertrand Russell. Entendo que a resposta é não. Bem, eu conheço porque resolvi memorizar longos trechos do ensaio quando era capitão do time de debates da minha escola. Ainda não os esqueci e me prometi que nunca os esquecerei. Esse ensaio e outros semelhantes contêm os argumentos de Russell não apenas contra a concepção cristã de Deus mas contra as concepções de Deus sustentadas por todas as grandes religiões do mundo, vistas por ele como mentirosas e prejudiciais. Se o senhor lesse este ensaio, e em nome da honestidade intelectual peço que o faça, veria que Bertrand Russell, um dos mais destacados especialistas em lógica do mundo, além de filósofo e matemático, utiliza um instrumental lógico inquestionável para desmentir o argumento da causa primeira, o argumento da lei natural, o argumento do desígnio, os argumentos morais para justificar uma divindade e o argumento do combate à injustiça. Para lhe dar dois exemplos. Primeiro, explicando por que não tem a menor validade o argumento da causa primeira, ele diz: 'Se tudo precisa ter uma causa, então Deus precisa ter uma causa. Se é possível existir alguma coisa sem uma causa, tanto pode ser o mundo quanto Deus'. Segundo, quanto ao argumento do desígnio, ele diz: 'Você acha que, se recebesse o dom da onipotência e da onisciência, além de milhões de anos para aperfeiçoar seu mundo, não seria capaz de produzir nada melhor do que a Ku Klux Klan ou os fascistas?'. Ele também discute os defeitos dos ensinamentos de Cristo tal como aparecem nos evangelhos, observando que, do ponto de vista histórico, é bastante duvidoso que Jesus Cristo tenha realmente existido. Para ele, o maior defeito na estrutura moral de Jesus é sua crença na existência do inferno. Russell diz 'não sinto que ninguém que seja profundamente humano pode acreditar na punição eterna', e acusa Jesus de demonstrar uma fúria vingativa para com as pessoas que não davam atenção a suas pregações. Ele discute com absoluta franqueza como as igrejas atrasaram o progresso humano e como, por sua insistência no que resolveram chamar de moralidade, infligiram sofrimento imerecido e desnecessário a todo tipo de gente. A religião, segundo ele, baseia-se predominantemente no medo — medo do misterioso, medo da derrota e medo da morte. O medo, para Bertrand Russell, é o pai da crueldade, e por isso não surpreende que a crueldade e a religião tenham caminhado de mãos dadas ao longo dos séculos. Devemos conquistar o mundo pela inteligência, diz Russell, e não nos deixando escravizar pelo terror que vem de vivermos nele. Toda a concepção de Deus, ele conclui, é indigna de homens livres. Esses são os pensamentos de um vencedor do Prêmio Nobel, renomado por suas contribuições à filosofia e por seu domínio da lógica e da teoria do conhecimento, com os quais estou de pleno acordo. Tendo estudado esses pensamentos e refletido sobre eles, pretendo viver em conformidade com esse ideário, coisa que, doutor Caudwell, estou certo o senhor admite ser meu direito."

"Sente-se, por favor", disse de novo o diretor.

Sentei-me. Não tinha me dado conta de que ficara de pé mais uma vez. Mas é isso que a exortação "erguei-vos", repetida com ênfase três vezes em sucessão, pode provocar em alguém num momento de crise.

"Quer dizer que você e Bertrand Russell não toleram a religião organizada", disse ele, "ou o clero ou até mesmo a crença na divindade, tanto quanto você, Marcus Messner, não tolera seus companheiros de quarto — e, segundo posso entender, também não tolera um pai amoroso e trabalhador cuja preocupação pelo bem-estar do filho é de suma importância para ele. O ônus financeiro que ele suporta para que você frequente uma universidade longe de casa não é insignificante, disso eu tenho certeza. Não é verdade?"

"Por que outra razão eu estaria trabalhando na New Willard House, doutor Caudwell? Sim, é verdade. Acho que já lhe disse isso."

"Bem, diga-me agora, dessa vez deixando de fora Bertrand

Russell: você tolera as crenças de *qualquer um* quando vão de encontro às suas?"

"Acho, doutor Caudwell, que as opiniões religiosas provavelmente mais intoleráveis para noventa e nove por cento dos estudantes, administradores e professores da Winesburg são as minhas."

Nesse ponto ele abriu minha pasta e começou a virar as páginas lentamente, talvez para refrescar a lembrança das informações ali contidas, talvez (assim eu esperava) para se impedir de me expulsar naquela hora mesmo devido à acusação que eu fizera com tanta veemência contra toda a universidade. Ou talvez apenas para fingir que, admirado e bem querido como era na Winesburg, ele ainda assim admitia que o contradissessem.

"Vejo aqui", ele disse, "que está estudando para ser advogado. Com base nesta entrevista, creio que você está destinado a ser um advogado de primeira." Agora sem sorrir, continuou: "Vejo você apresentando um dia uma ação perante a Corte Suprema dos Estados Unidos. E ganhando o caso, meu jovem, ganhando o caso. Admiro sua franqueza, sua dicção, a estrutura de suas frases, admiro sua tenacidade e a confiança com que se aferra a tudo que diz. Admiro sua capacidade de memorizar e reter textos de difícil compreensão, mesmo se não admiro necessariamente os autores e as obras que escolhe para ler e a credulidade com que aceita sem questionamento as blasfêmias racionalistas que jorram da boca de um indivíduo tão amoral como Bertrand Russell, casado quatro vezes, conhecido adúltero, defensor do amor livre e socialista confesso que perdeu sua posição na universidade por causa da campanha antibelicista conduzida durante a Primeira Guerra Mundial, sendo por isso condenado à prisão pelas autoridades inglesas".

"E o que me diz do Prêmio Nobel?"

"Eu até mesmo admiro você, Marcus, quando bate na escrivaninha e se levanta para apontar o dedo na minha direção a fim de perguntar sobre o Prêmio Nobel. Você tem espírito de luta. Admiro isso, ou admiraria se você o dirigisse a uma causa mais valiosa do que a esposada por alguém considerado um criminoso subversivo por seu próprio governo."

"Não queria apontar, doutor Caudwell. Nem percebi que fiz isso."

"Você apontou, filho. Não foi a primeira vez e, provavelmente, não será a última. Mas isso é o de menos. Saber que Bertrand Russell é um herói para você não me causa grande surpresa. Em todo campus há sempre um ou dois jovens intelectualmente precoces que se autoelegem membros de uma elite de pensadores e precisam se colocar numa posição superior à dos colegas, superior até à dos professores, e por isso atravessam essa fase de encontrar um agitador ou iconoclasta que possam admirar, alguém como Russell, Nietzsche ou Schopenhauer. No entanto, não estamos aqui para discutir essas questões, e sem dúvida você tem o direito de admirar quem quer que lhe agrade, por mais que me pareça deletéria a influência desse tipo de livre-pensador e autoproclamado reformador e por mais perigosas que sejam as consequências de suas afirmações. Marcus, o que fez com que nos encontrássemos hoje, e o que está me preocupando no momento, não é você ter memorizado palavra por palavra, como debatedor no curso ginasial, a visão negativista de um Bertrand Russell que tem por objetivo alimentar descontentes e rebeldes. O que me preocupa é a incapacidade de socialização que você vem demonstrando aqui na Universidade Winesburg. O que me preocupa é seu isolamento. O que me preocupa é sua ostensiva rejeição das tradições há muito mantidas pela universidade, tal como comprovado por sua reação à presença nos serviços, uma exigência simples feita aos alunos antes de se formarem e que representa, durante uns três trimestres, pouco mais de uma hora de seu tempo a cada semana. Praticamente o mesmo tempo exigido pela educação física obrigatória e, aliás, um requisito em nada mais pérfido como você e eu bem sabemos. Em toda a minha experiência na Winesburg jamais encontrei um aluno que se opusesse a qualquer dessas exigências por considerá-las uma violação de seus direitos ou algo comparável a condená-lo a trabalhar nas minas de sal. O que me preocupa é como tem sido ruim sua adaptação à comunidade local. Para mim, isso é algo que precisa ser cuidado imediatamente e cortado pela raiz."

Estou sendo expulso, pensei. Estou sendo mandado de volta para casa, vou ser recrutado e morto. Ele não compreendeu uma única palavra que eu repeti do ensaio "Por que não sou um cristão". Ou entendeu, e é *por isso* que vou ser recrutado e morto.

"Tenho para com os alunos uma responsabilidade pessoal e profissional", disse Caudwell, "como também para com suas famílias..."

"Doutor Caudwell, não aguento mais isso. Acho que vou vomitar."

"O quê?" Com sua paciência esgotada, os olhos de um azul cristalino e extraordinariamente brilhantes de Caudwell me fitavam agora com um misto mortífero de descrença e exasperação.

"Estou me sentindo mal. Acho que vou vomitar. Não suporto esse tipo de repreensão. Não sou um descontente. Não sou um rebelde. Nenhuma dessas duas palavras me descreve e fico magoado que sejam usadas em referência a mim, mesmo que por uma mera insinuação. Não fiz nada para merecer essa preleção, exceto encontrar um quarto em que possa me dedicar aos estudos sem sofrer nenhuma distração e dormir as horas de que necessito para poder trabalhar. Não cometi nenhuma infração. Tenho todo o direito de me encontrar ou não me encontrar com qualquer pessoa quantas vezes quiser. Esse é o resumo da ópera. Não me importa se o quarto é quente ou frio — isso é problema meu. Não me importa se está cheio de moscas ou não. Essa não é a questão! Além disso, devo lhe chamar a atenção para o fato de que sua crítica a Bertrand Russell não contém um argumento baseado na razão e dirigido ao intelecto, limitando-se a uma série de acusações preconceituosas contra o caráter dele, ou seja, um ataque *ad hominem*, sem a menor validade lógica. Doutor Caudwell, peço respeitosamente sua permissão para me levantar e sair da sala agora, porque temo que vá vomitar se não o fizer."

"É claro que pode ir. É assim que lida com todas as suas dificuldades, Marcus, você vai embora. Nunca se deu conta disso?" Com outro daqueles sorrisos de uma hipocrisia ferina, acrescentou: "Sinto muito se fiz você perder seu tempo".

Levantou-se por trás da escrivaninha e, assim, com seu consentimento tácito, também me levantei da cadeira, dessa vez para sair. Mas não sem um tiro de despedida para pôr as coisas nos devidos lugares. "Não é saindo que lido com minhas dificuldades. Basta que se lembre de como tentei fazê-lo abrir sua mente às ideias de Bertrand Russell. Eu me oponho firmemente a que o senhor diga isso de mim, diretor."

"Bem, pelo menos nos livramos finalmente do 'doutor Caudwell'... Ah, Marcus", ele disse ao me acompanhar à porta, "que tal os esportes? Consta em seus papéis que você jogou no time de beisebol durante o primeiro ano na universidade. Isso significa, entendo eu, que você ao menos acredita no beisebol. Em que posição?"

"Segunda base."

"E vai jogar no nosso time de beisebol?"

"Joguei no time do primeiro ano de uma universidade muito pequena, localizada no centro da cidade. Praticamente todo mundo que queria jogar tinha vaga no time. Alguns sujeitos daquele time, como o apanhador e o primeira base, não tinham jogado beisebol nem no ginásio. Não acho que sou bom o bastante para entrar no time daqui. Os lançadores vão ser mais rápidos do que estou acostumado a enfrentar, e não acho que, segurando o bastão mais acima, como fiz no ano passado, vou resolver meu problema de acertar a bola nesse nível de competição. Talvez pudesse me dar bem na defesa, mas duvido que valesse alguma coisa no ataque."

"Entendo com isso que você quer dizer que não vai tentar jogar por causa da competição?"

"*Não, doutor Caudwell!*", explodi. "Não vou tentar entrar no time porque tenho uma visão realista de minhas chances de *ganhar* uma vaga! E não quero perder tempo tentando quando tenho tanta coisa para estudar! Doutor Caudwell, vou vomitar. Disse ao senhor que iria. Não é culpa minha. Lá vai... desculpe!"

E então vomitei, embora por sorte não em cima do diretor ou de sua escrivaninha. Baixei a cabeça e vomitei copiosamente no tapete. Quando tentei evitar o tapete, vomitei na cadeira em que me havia sentado e, ao me afastar com um repelão, vomitei no vidro de uma das fotografias emolduradas que enfeitavam a parede do diretor, aquela que mostrava o time invicto de futebol da Winesburg de 1924.

Não tinha estômago para brigar com o diretor de alunos nem com meu pai ou meus companheiros de quarto. Mas, contrariando minha própria vontade, não fugia da briga.

O diretor mandou sua secretária me acompanhar pelo corredor até a porta do banheiro masculino, onde, uma vez sozinho, lavei o rosto e gargarejei com a água colhida sob a torneira com a mão em concha. Cuspi a água na pia até não sentir mais nenhum gosto de vômito na boca ou na garganta, e então, usando toalhas de papel umedecidas com água quente, tirei tão bem quanto pude a sujeira que havia se espalhado pelo suéter, pelas calças e pelos sapatos. Depois disso, apoiei-me na pia e olhei no espelho a boca que eu não conseguia manter fechada. Apertei os dentes com tanta força que meu queixo contundido começou a latejar de dor. Por que diabo eu tinha mencionado o serviço na igreja? Aquele serviço era uma disciplina, informei a meus olhos — olhos que, para minha surpresa, pareciam incrivelmente atemorizados. Trate o serviço deles como parte da tarefa que você precisa cumprir a fim de sair deste lugar como orador da turma, trate aquilo como tratou de eviscerar as galinhas. Caudwell tinha razão, onde quer que você vá sempre haverá alguma coisa te atazanando — seu pai, seus companheiros de quarto, sua obrigação de assistir ao serviço quarenta vezes... Por isso, pare de pensar em se transferir para outra universidade e simplesmente se forme como primeiro aluno da classe!

Mas, quando estava prestes a sair do banheiro rumo à aula

sobre o governo norte-americano, senti outra vez um leve cheiro de vômito e, olhando para baixo, vi que as beiradas das solas de ambos os sapatos ainda estavam sujas. Descalcei os sapatos, me postei diante da pia só de meias e usei sabão, água e toalhas de papel até eliminar os últimos vestígios do vômito e de seu cheiro. Tirei até as meias e as trouxe à altura do nariz. Dois alunos entraram para usar o mictório enquanto eu cheirava as meias. Não disse nada, não expliquei nada, calcei as meias, enfiei os pés nos sapatos, dei os laços e fui embora. *É assim que lida com todas as suas dificuldades, Marcus, você vai embora. Nunca se deu conta disso?*

Saí e me vi no belo campus de uma universidade do Meio-Oeste num dia esplêndido de sol, outro magnífico dia de outono, tudo a meu redor proclamando euforicamente: "Deleitem-se com o gêiser da vida! Vocês são jovens e exuberantes, entreguem-se ao arrebatamento!". Olhei com inveja os outros estudantes circulando pelos caminhos pavimentados com tijolos que entrecruzavam o gramado quadrangular. Por que eu não podia compartilhar do prazer que eles derivavam dos esplendores de uma pequena universidade capaz de preencher todas as suas necessidades? Por que, pelo contrário, eu estava em conflito com todo mundo? Começou em casa com meu pai, e daí por diante havia me seguido obstinadamente até aqui. Primeiro Flusser, depois Elwyn, agora Caudwell. E quem era culpado, eles ou eu? Como havia conseguido arranjar tantas encrencas em tão pouco tempo, eu que até então nunca tivera nenhum problema? E por que estava procurando mais sarna para me coçar escrevendo cartas piegas para uma garota que apenas um ano antes tentara se suicidar cortando o pulso?

Sentei-me num banco, abri minha pasta-fichário de três argolas e, num papel pautado, comecei de novo: "Por favor me responda quando eu te escrever. Não posso suportar seu silêncio". Entretanto, o dia estava bonito demais e o campus bonito demais para que eu achasse o silêncio de Olivia insuportável. Tudo era bonito demais, e eu era jovem demais, e minha única tarefa era tornar-me o orador da classe! Continuei a escrever:

"Sinto que estou a ponto de pegar minhas coisas e sair daqui por causa da exigência de assistir ao serviço na igreja. Gostaria de conversar com você sobre isso. Será que estou bancando o bobo? Você não quis saber como vim parar aqui? Por que escolhi a Winesburg? Tenho vergonha de te contar. E agora tive um encontro horrível com o diretor de alunos, que está metendo o bedelho onde não é chamado de uma forma que ele certamente não tem o direito de fazer. Não, não tem nada a ver com você ou conosco. É sobre minha mudança para o Neil Hall". Arranquei a página da pasta furiosamente, como se fosse meu próprio pai, e a rasguei em pedacinhos que enfiei no bolso da calça. Conosco! Não havia nenhum nós!

Eu vestia calças de flanela cinza com vinco, camisa esporte quadriculada, um pulôver marrom de gola em V e sapatos de camurça brancos. A mesma indumentária do rapaz retratado na capa do catálogo da Winesburg que eu solicitara e recebera pelo correio, juntamente com os formulários do pedido de admissão. Na foto, ele caminhava ao lado de uma garota que usava um conjunto de suéter e blusa, uma saia comprida e encorpada de tecido escuro, meias brancas de algodão dobradas e mocassins reluzentes. Ela sorria para ele enquanto andavam como se o rapaz lhe houvesse dito algo engraçado e inteligente. Por que eu tinha escolhido a Winesburg? Por causa daquela foto! Árvores grandes e frondosas ladeavam os dois felizes estudantes, que desciam uma colina verdejante tendo ao fundo edifícios de tijolo cobertos de hera. A garota ria com tamanha apreciação para o rapaz, e ele parecia tão confiante e despreocupado a seu lado, que me apressei a preencher e enviar o pedido, recebendo em poucas semanas a carta de aceitação. Sem dizer nada a ninguém, retirei da minha conta de poupança cem dólares do dinheiro que economizara diligentemente dos salários recebidos como empregado de meu pai e, terminadas as aulas, certo dia fui a pé até a Market Street. Na maior loja de departamentos da cidade, comprei na seção universitária as calças, a camisa, os sapatos e o suéter usados pelo rapaz da foto. Levei o catálogo da Winesburg para a loja porque cem dólares era uma pequena fortuna e eu não queria cometer nenhum engano. Comprei também um paletó de tweed em padrão de zigue-zague na seção universitária. No final, só me sobraram algumas moedas para pegar o ônibus de volta para casa.

Tive o cuidado de levar as caixas de roupa para casa numa hora em que meus pais sabidamente estavam trabalhando no açougue. Não queria que soubessem da compra das roupas. Não queria que ninguém soubesse. Elas nada tinham a ver com as roupas usadas pelo pessoal da Robert Treat. Lá usávamos as mesmas roupas do ginásio. Não se comprava um novo guarda-roupa para frequentar a Robert Treat. Sozinho em casa, abri as caixas e estendi as roupas na cama para vê-las melhor. Arrumei-as como elas seriam vestidas — camisa, suéter e paletó em cima, calças mais abaixo e sapatos perto do pé da cama. Depois, tirei tudo que estava usando e deixei cair no chão como uma pilha de farrapos. Vesti as roupas novas, fui para o banheiro e trepei na tampa da privada para me ver no espelho do armário de remédios, coisa que não conseguiria fazer se ficasse plantado no chão de ladrilhos calçando os novos sapatos de camurça branca com solas de borracha rosada. O paletó tinha duas pequenas aberturas laterais. Nunca tivera um paletó desses. Antes só tivera dois paletós esporte, um comprado para meu *bar mitzvah* em 1945, o outro para a formatura no ginásio em 1950. Com movimentos cuidadosos, girei sobre a tampa da privada para me olhar de costas usando aquele paletó com aberturas. Enfiei as mãos nos bolsos da calça para adotar um ar *blasé*. Mas como era impossível assumir um ar *blasé* trepado numa tampa de privada, desci, voltei para o quarto, tirei as roupas e as guardei nas caixas, que escondi no fundo do armário, atrás do bastão, dos sapatos com travas nas solas, da grande luva de couro e de uma velha e sofrida bola de beisebol. Não tinha a menor intenção de falar a meus pais sobre as novas roupas e certamente não iria usá-las diante de meus amigos da Robert Treat. Seriam um segredo até eu chegar à Winesburg. As roupas que comprara para sair de casa. As roupas que comprara para começar vida nova. As roupas que comprara para ser um novo homem e para deixar de ser o filho do açougueiro.

Bem, eram essas as roupas sobre as quais eu vomitara no escritório do Caudwell. Eram essas as roupas que eu usara na igreja tentando não aprender como levar uma vida virtuosa segundo os ensinamentos bíblicos e, em vez disso, cantando para mim mesmo o Hino Nacional chinês. Eram essas as roupas que eu usava quando meu companheiro de quarto Elwyn me deu um soco que quase quebrou meu queixo. Eram essas as roupas que eu usava quando Olivia caiu de boca em mim no LaSalle do Elwyn. Sim, era *essa* a foto do casal de estudantes que devia ilustrar a capa do catálogo da Winesburg: eu, naquelas roupas, tendo o pau chupado por Olivia — e sem entender nada do que estava se passando.

"Você não está com uma aparência muito boa, Marcus. Está se sentindo bem? Posso sentar?"

Era Sonny Cottler curvado sobre mim, usando as mesmas roupas que eu, embora não vestisse um pulôver marrom comum, e sim o suéter marrom e cinza que ganhara por jogar no time de basquete da universidade. Isto também: o jeito como ele usava suas roupas parecia de certa forma uma extensão da voz grave, tão rica em autoridade e confiança. Um tipo de vigor calmo e despreocupado; a invulnerabilidade que ele irradiava ao mesmo tempo me repelia e atraía, talvez porque me desse a impressão, razoável ou não, de ser impregnada de condescendência. O fato de Cottler, aparentemente, não ter nenhuma fraqueza me deixava com a estranha sensação de que ele era alguém deficiente em tudo. Entretanto, essas impressões podiam ser apenas produto da inveja e da admiração de um aluno do segundo ano.

"Claro", respondi. "Evidente, sente-se."

"Você está com cara de quem comeu e não gostou", ele disse.

Sonny, naturalmente, parecia ter acabado de filmar uma cena no estúdio da MGM, tendo a Ava Gardner como par. "O diretor me chamou ao seu escritório. Tivemos uma discordância. Uma altercação." Cale a boca!, eu disse a mim mesmo. Para que contar a ele? Mas eu precisava contar a alguém, não é mesmo? Precisava falar com alguém naquele lugar, e ele não era necessariamente um mau sujeito só porque meu pai deu um jeito de ele ir me ver no meu quarto. Seja como for, eu me sentia tão incompreendido por todo mundo que seria capaz de uivar para o céu como um cão se ele por acaso não tivesse aparecido.

Procurando me manter tão calmo quanto possível, relatei a discussão com o diretor sobre a presença nos serviços.

"Mas", perguntou Cottler, "quem é que vai à igreja? Pague alguém para ir no seu lugar e nunca mais você precisa passar nem perto da igreja."

"É isso que *você* faz?"

Ele riu de mansinho. "Que mais eu *poderia* fazer? Fui uma vez. No primeiro ano. Foi quando falou um rabino. Eles trazem um padre católico todo semestre e um rabino, que vem de Cleveland, uma vez por ano. Fora isso, é o doutor Donehower e outros grandes pensadores de Ohio. A devoção apaixonada do rabino pelo conceito de bondade bastou para me curar da igreja por todo o sempre."

"Quanto a gente tem de pagar?"

"Para alguém ir no seu lugar? Dois dólares por vez. Não é nada."

"Quarenta vezes dois é oitenta dólares. Já é alguma coisa."

"Olha", ele disse, "pense bem: você gasta quinze minutos para descer a colina e chegar à igreja. E, sendo você como é, sério como é, não vai achar graça de estar lá. Você não acha graça em nada. Em vez disso, passa uma hora na igreja morrendo de raiva. Aí gasta outros quinze minutos, morrendo de raiva, para subir de volta a colina e chegar aonde tem de ir. São noventa minutos ao todo. Noventa vezes quarenta significa sessenta horas de raiva. Isso também já é alguma coisa."

"Como é que a gente acha uma pessoa para pagar? Me explica como a coisa funciona."

"A pessoa que você paga recolhe o cartão que distribuem na

entrada e o devolve assinado com seu nome ao sair. Só isso. Você acha que um especialista em caligrafia examina cada cartão naquela salinha onde guardam os registros? Eles marcam seu nome num livro qualquer, e estamos conversados. Antigamente, você tinha de se sentar num lugar marcado, e um inspetor, que conhecia a cara de todos os alunos, ficava circulando pelos corredores para ver quem tinha faltado. Naquela época, quem faltasse estava fodido. Mas, depois da guerra, mudaram o esquema e agora tudo que você precisa fazer é pagar para alguém ir no seu lugar."

"Mas quem?"

"Qualquer um. Qualquer aluno que já tenha completado suas quarenta presenças. É um trabalho como qualquer outro. Você trabalha como garçom no bar da hospedaria, outros trabalham como substitutos na igreja metodista. Se quiser, encontro alguém para você. Posso até tentar arranjar alguém que cobre menos de dois dólares."

"E se essa pessoa sair falando por aí? Me põem para fora daqui com um pontapé na bunda."

"Nunca soube que ninguém tivesse falado. É um negócio, Marcus. Você simplesmente faz um trato."

"Mas Caudwell certamente sabe que isso está acontecendo."

"Caudwell é o maior adorador de Jesus dessas bandas. Nem passa pela cabeça dele que os alunos não *amem* ouvir o doutor Donehower em vez de aproveitar a hora vaga das quartas-feiras para tocar uma punheta no quarto. Ah, você cometeu um grande erro falando sobre esse assunto do serviço com o Caudwell. Hawes D. Caudwell é o ídolo da universidade. O maior corredor com a bola no futebol americano, o maior batedor no beisebol, o maior centro no basquete, o maior expoente no planeta da 'tradição da Winesburg'. Entre em choque direto com esse cara sobre o respeito às tradições da Winesburg e ele vai fazer picadinho de você. Lembra do chute de bate-pronto, aquela jogada especial? O Caudwell tem o recorde de pontos feitos com chutes de bate-pronto numa única temporada por um jogador da Winesburg. E você sabe como ele chamava cada chute desses?

'Um bate-pronto por Jesus.' Marcus, você tem que aprender a ficar longe desses nojentos. Se aprender a ser um pouco mais desligado, as coisas vão correr melhor para você na Winesburg. Fique calado, encoste o cu na parede, sorria — e aí faça o que quiser. Se não tomar tudo como uma ofensa pessoal, se não encarar tudo com tanta seriedade, você é capaz de descobrir que este não é o pior lugar do mundo para passar os melhores anos da sua vida. Você já achou a Rainha do Boquete de 1951. Esse é um bom começo."

"Não sei do que você está falando."

"Quer me dizer que ela *não* chupou o seu pau? Então você é *muito* especial!"

Enfurecido, eu disse: "Ainda não sei a que você está se referindo".

"À Olivia Hutton."

O ódio cresceu velozmente dentro de mim, o mesmo ódio que sentira de Elwyn quando ele havia chamado Olivia de puta. "Por que você diz uma coisa dessas sobre a Olivia Hutton?"

"Porque os boquetes são coisa raríssima nas regiões central e setentrional de Ohio. As notícias sobre a Olivia se espalharam com grande rapidez. Não precisa fazer essa cara de surpresa."

"Não acredito nisso."

"Mas deve acreditar. A senhorita Hutton é meio doidinha."

"Como é que você tem coragem de dizer *isso*? Eu saí com ela."

"E eu também."

Isso me chocou. Pulei do banco e, num estado estonteante de confusão sobre o que havia (ou não havia) em mim que tornava as relações com os outros tão dolorosamente frustrantes, escapei do Sonny Cottler e corri para a aula sobre o governo, tendo ainda ouvido suas últimas palavras: "Esquece o 'doidinha', está bem? Digamos que ela é uma pessoa excêntrica e excepcionalmente boa em matéria de sexo devido a um distúrbio mental — está bem, Marcus? Marc?".

O vômito recomeçou à noite, acompanhado de dores penetrantes no estômago e diarreia. Quando por fim me dei conta de que estava doente devido a alguma coisa não relacionada à entrevista com o diretor Caudwell, caminhei ao amanhecer até o Serviço Médico dos Alunos, onde, antes mesmo de conversar com a enfermeira de plantão, tive de correr para o banheiro. Deitaram-me numa cama estreita, às sete fui examinado pelo médico da universidade, por volta das oito estava numa ambulância a caminho do hospital da região, que ficava a quarenta quilômetros de distância, e por volta do meio-dia meu apêndice havia sido extraído.

A primeira pessoa que me visitou foi Olivia. Apareceu no dia seguinte, tendo sabido de minha operação na aula de história na tarde anterior. Deu uma batidinha na porta entreaberta do quarto, entrando poucos segundos após eu haver terminado o telefonema para meus pais, contatados pelo diretor Caudwell depois que decidiram no hospital fazer a cirurgia de emergência. "Graças a Deus você teve o bom senso de procurar um médico", disse meu pai, "e eles pegaram o troço a tempo. Graças a Deus não aconteceu nada de terrível." "Papai, foi meu apêndice. Tiraram meu apêndice. Foi tudo que aconteceu." "Mas imagine se não tivessem diagnosticado." "Mas acontece que *diagnosticaram*. Tudo correu perfeitamente. Vou sair do hospital em quatro ou cinco dias." "Você fez uma operação de emergência. Sabe o que quer dizer emergência?" "Mas a emergência já *era*. Não há mais razão para se preocupar." "Tenho sempre muita coisa para me preocupar quando se trata de você."

Nesse ponto, um acesso de tosse o interrompeu. Pareceu pior do que nunca. Quando conseguiu voltar a falar, perguntou: "Por que estão deixando você sair tão cedo?". "Quatro ou cinco dias é o normal. Não há motivo para eu ficar hospitalizado por mais tempo." "Vou de trem até aí depois que te derem alta. Fecho a loja e vou para aí." "Não, papai. Nem diga isso. Agradeço o oferecimento, mas vou ficar bem no dormitório." "Quem é que vai cuidar de você no dormitório? Você devia se recuperar em casa, onde é o seu lugar. Não entendo por que a universidade não insiste nisso. Como é que você pode se recuperar longe de casa, sem ninguém para te cuidar?" "Mas já posso ficar de pé e andar. Já estou bem." "O hospital é longe da universidade?" Fiquei tentado a dizer "uns trinta mil quilômetros", porém sua tosse era lancinante demais para que eu zombasse dele. "Menos de meia hora de ambulância", respondi. "É um hospital excelente." "Não há nenhum hospital lá mesmo em Winesburg? Será que estou entendendo direito o que você está dizendo?" "Papai, passe o telefone para a mãe. Isso não está me ajudando em nada. E também não está ajudando você. Sua voz está horrorosa." "Minha voz está horrorosa? Você é que está num hospital a centenas de quilômetros de casa." "Por favor, deixe eu falar com a minha mãe." Quando mamãe entrou na linha, eu lhe disse que o segurasse lá de qualquer jeito porque, caso contrário, iria pedir transferência para a Universidade do Polo Norte, onde não há telefones, hospitais ou médicos, só ursos-polares que ficam de tocaia nos pedaços de gelo flutuantes para pegar alunos nus quando a temperatura está abaixo de zero... "Marcus, chega. Eu vou aí para te ver." "Mas não precisa vir, nenhum dos dois precisa vir. Foi uma cirurgia simples, acabou, estou bem." Num sussurro, ela disse: "*Eu* sei. Mas seu pai não vai ficar em paz. Saio daqui no trem do sábado à noite. Se eu não fizer isso, ninguém nesta casa volta a dormir".

Olivia. Desliguei ao acabar de falar com minha mãe, e lá estava ela. Nos braços um buquê de flores. Trouxe-o até a cama, onde eu estava apoiado nos travesseiros.

"Não é divertido ficar num hospital sozinho", ela disse. "Trouxe estas flores para te fazerem companhia."

"Valeu a apendicite", retruquei.

"Duvido. Você se sentiu muito mal?"

"Durante menos de um dia. A melhor parte aconteceu no escritório do diretor Caudwell. Ele me chamou para me interrogar sobre minhas mudanças de quarto e vomitei nos troféus dele. E aí você aparece. Pensando bem, foi um belo caso de apendicite."

"Deixe eu arranjar um vaso para elas."

"Que flores são essas?"

"Não sabe?", ela perguntou, trazendo o buquê para perto do meu nariz.

"Sei tudo sobre concreto. Sobre asfalto. Não sei nada sobre flores."

"Chamam-se rosas, querido."

Quando voltou para o quarto, já havia desembrulhado as rosas e as arrumado numa jarra de vidro com água pela metade.

"Onde é que você pode vê-las melhor?", perguntou, passando os olhos pelo quarto que, embora pequeno, era maior e sem dúvida mais claro que o que eu ocupava no Neil Hall. No Neil Hall só havia uma acanhada água-furtada debaixo do beiral, enquanto aqui duas janelas de bom tamanho davam para um gramado bem-cuidado onde alguém puxava um ancinho pelo chão para amontoar as folhas que seriam depois queimadas. Era sexta-feira, 26 de outubro de 1951. Já fazia um ano, quatro meses e um dia que a Guerra da Coreia vinha se arrastando.

"Onde vejo melhor essas rosas é nas suas mãos. Vejo melhor com você ficando aí. Fique parada e me deixe olhar para você e as suas rosas. É tudo o que quero." No entanto, a palavra "mãos" me fez lembrar do que Sonny Cottler havia dito sobre ela, e outra vez o ódio subiu dentro de mim, dirigido tanto a Cottler quanto a Olivia. Mas meu pênis também subiu.

"O que é que estão te dando para comer?", ela perguntou.

"Gelatina e *ginger ale*. Amanhã começam a servir os caracóis."

"Você parece muito alegre."

Ela era tão bonita! Como podia chupar o pau do Cottler? Mas, sendo assim, como podia chupar o meu? Se Cottler só saiu com Olivia uma vez, então ela teria chupado o pau dele também na primeira saída. Também, o tormento daquele "também"!

"Olhe", eu disse, e afastei as cobertas.

Fazendo-se de pudica, ela semicerrou os olhos. "E o que vai acontecer, meu mestre, se alguém entrar de repente?"

Eu não podia acreditar no que ela havia dito, mas também não podia acreditar no que eu tinha acabado de fazer. Era ela quem me encorajava, ou eu quem a encorajava, ou um encorajava o outro?

"O corte está sendo drenado?", ela perguntou. "Aquele tubo que desce por ali é um dreno?"

"Não sei. Não posso te dizer. Acho que sim."

"E os pontos?"

"Isto aqui é um hospital. Existe outro lugar melhor para se estar se os pontos se romperem?"

Seus passos tinham um delicado balançar erótico quando ela se aproximou da cama, apontando o dedo para a minha ereção. "Você é estranho, sabe? Muito estranho", ela disse ao chegar finalmente ao meu lado. "Mais estranho do que eu acho que você se dá conta de que é."

"Sou sempre estranho depois que me tiram o apêndice."

"Você sempre fica enorme assim depois que tiram seu apêndice?"

"Nunca falha." Enorme. Ela havia dito enorme. Será que era *mesmo*?

"Obviamente, não devíamos", ela sussurrou com voz lasciva enquanto seus dedos envolviam meu pau. "Nós dois podemos ser expulsos da universidade por causa disso."

"Então para!", sussurrei de volta, compreendendo que, obviamente, ela tinha razão — era isto sem dúvida o que iria acontecer: seríamos apanhados e expulsos da universidade, ela voltando a Hunting Valley cabisbaixa e coberta de vergonha, eu sendo recrutado e morto.

Mas então ela nem precisou parar, nem precisou começar para valer, porque eu já havia ejaculado para o alto e espalhado sêmen pelos lençóis, enquanto Olivia recitava em voz doce "Atirei uma flecha para o alto / Não sei onde de volta ela caiu" no justo instante em que a enfermeira entrou para tomar minha temperatura.

Tratava-se de uma solteirona gorducha, de meia-idade e cabelos grisalhos, chamada senhorita Clement, exemplo perfeito da enfermeira atenciosa, de fala macia, antiquada — usava até um chapeuzinho branco engomado, ao contrário da maioria das enfermeiras mais jovens que trabalhavam no hospital. Quando usei a comadre pela primeira vez depois da operação, ela me tranquilizou com seu jeito calmo, dizendo: "Estou aqui para ajudá-lo enquanto precisar de ajuda, e essa é a ajuda que você precisa agora. Não há nenhuma razão para ficar envergonhado". Ao mesmo tempo que falava, foi me posicionando gentilmente em cima da comadre, limpou-me com um lenço de papel úmido e, por fim, retirando a comadre com sua carga, ajeitou-me de volta sob as cobertas.

E essa era sua recompensa por haver limpado tão carinhosamente meu rabo. Qual seria a minha? Por um rápido toque da mão de Olivia, minha recompensa seria a Coreia. A senhorita Clement já devia estar falando ao telefone com o diretor Caudwell, que logo depois iria ligar para meu pai. E não era difícil visualizar meu pai, após receber a notícia, dando um golpe tão forte com o cutelo que partiria em dois o cepo de um metro e vinte de espessura onde ele diariamente abria as carcaças das vacas.

"Desculpe", murmurou a senhorita Clement e, fechando a porta, desapareceu. Rapidamente Olivia foi ao banheiro e voltou com duas toalhas de mão, uma para os lençóis e outra para mim.

Lutando para transmitir uma falsa tranquilidade viril, perguntei a Olivia: "O que é que ela vai fazer agora? O que vai acontecer?".

"Nada", respondeu Olivia.

"Você nem parece se importar com isso. É por causa da prática que tem no assunto?"

Sua voz soou áspera quando respondeu: "Não precisava dizer isso".

"Peço desculpas. Perdão. Mas tudo isso é novo para mim."

"Você não acha que é novo para *mim*?"

"Que tal o Sonny Cottler?"

"Não sei o que você tem a ver com isso", ela retrucou de bate-pronto.

"Não sabe mesmo?"

"*Não.*"

"Você parece não se importar com *coisa nenhuma*", eu disse. "Como é que sabe que a enfermeira não vai fazer nada?"

"Ela está muito envergonhada para fazer alguma coisa."

"Olha, como foi que você ficou assim?"

"Assim como?", perguntou Olivia, agora enraivecida.

"Tão... sabichona."

"Ah, sim, Olivia, a Sabichona", ela disse aborrecida. "Era assim que me chamavam na Clínica Menninger."

"Mas você é mesmo. Tem tudo sempre sob controle."

"Você realmente acha isso, é? Eu, que mudo de humores oito mil vezes por minuto, para quem cada emoção é um tufão, que posso sair do sério por causa de uma *palavra*, uma *sílaba*, tenho tudo sempre 'sob controle'? Meu Deus, você *é* cego", ela disse, voltando para o banheiro com as toalhas.

Olivia veio de ônibus para o hospital no dia seguinte — um trajeto de cinquenta minutos para vir e outros cinquenta para voltar —, e no quarto a mesma coisa deliciosa aconteceu, após o que ela limpou tudo e, ao levar as toalhas de volta para o banheiro, aproveitou para mudar a água na jarra a fim de manter as flores frescas.

A senhorita Clement passou a cuidar de mim sem dizer uma palavra. Apesar das afirmações tranquilizadoras de Olivia, eu não podia acreditar que ela não houvesse contado para alguém, e achava que o acerto de contas viria depois que eu saísse do hospital e voltasse à universidade. Estava tão convencido quanto meu pai estaria de que, por ser apanhado tendo contato sexual com Olivia no quarto do hospital, um desastre de proporções gigantescas em breve se abateria sobre mim.

Olivia ficou fascinada ao saber que eu era filho de um açougueiro. Parecia muito mais interessante para ela que eu fosse filho de um açougueiro do que, para mim, o fato de ela ser filha de um médico, embora eu achasse isso bem importante. Eu nunca saíra com a filha de um médico. Os pais da maioria das garotas que eu havia conhecido eram donos de lojas de bairro, como o meu, vendedores de gravatas, placas de alumínio ou seguros de vida, ou ainda trabalhadores independentes, tais como eletricistas e encanadores. No hospital, depois que tive o orgasmo, ela quase imediatamente passou a me fazer perguntas sobre o açougue, e logo entendi tudo: para ela, eu era algo parecido com o filho de um encantador de serpentes ou um artista de circo criado entre trapezistas e palhaços. "Me conte mais", ela disse. "Quero ouvir mais." "Por quê?", perguntei. "Porque não sei nada sobre essas coisas e porque gosto tanto de você. Quero conhecer tudo sobre você. Quero saber o que fez você ser quem você é, Marcus."

"Bom, se é que alguma coisa me fez ser quem eu sou hoje, então foi o açougue, embora eu não saiba mais direito quem eu sou de verdade. Tenho me sentido muito confuso desde que cheguei aqui."

"Fez de você alguém que trabalha duro. Fez você honesto. Te deu integridade."

"Ah, é mesmo?", perguntei. "O açougue?"

"Com certeza."

"Bom, então deixa eu te falar sobre o homem da gordura", eu disse. "Deixa eu contar o que ele me deu em matéria de integridade. Comecemos com ele."

"Ótimo. Hora de ouvir historinhas. O homem da gordura e como ele instilou integridade no Marcus." Ela riu, expectante. O riso de uma criança em que fazem cócegas. Nada excepcional, e, no entanto, me encantou tanto quanto todo o resto.

"Bom, o homem da gordura costumava vir todas as sextas-feiras para recolher o sebo. Talvez tivesse um nome, embora também seja possível que não tivesse. Era simplesmente o homem da gordura. Vinha uma vez por semana, anunciava 'Chegou o homem da gordura', pesava todo o sebo, pagava meu pai e levava o material. A gordura era guardada numa lata de lixo, um desses latões de duzentos litros, mais ou menos dessa altura, que enchíamos enquanto cortávamos a carne. Antes dos grandes feriados judaicos, quando as pessoas compram um monte de carne, haveria algumas latas esperando por ele. O homem da gordura não devia pagar grande coisa. Uns dois dólares por semana, não mais que isso. Bem, nossa loja ficava pertinho da esquina onde parava o ônibus que ia para o centro, o número oito da avenida Lyons. E, nas sextas-feiras, depois que o homem da gordura havia recolhido o sebo, os latões ficavam para trás e eu tinha a tarefa de lavá-los. Lembro que certa vez uma das garotas bonitas da minha classe me disse: 'Ah, quando parei no ponto de ônibus em frente à loja do seu pai vi você lá lavando as latas de lixo'. Por isso, cheguei para o meu pai e disse: 'Isso está acabando com a minha vida social. Não posso continuar a lavar essas latas'."

"Você lavava na frente da loja?", Olivia perguntou. "Bem na rua?"

"E onde iria lavar?", respondi. "Eu usava uma escova e Ajax, jogava lá dentro um pouco de água com Ajax e escovava o interior. Se não ficasse bem limpo, começava logo a feder. Com cheiro de ranço. Mas você não quer ouvir esse troço."

"Quero. Quero mesmo. Hora das historinhas, por favor."

"Eu te achava uma mulher cosmopolita e sofisticada, mas você tem muito de criança, não é?"

"Claro. Não é um triunfo na minha idade? Você queria que fosse diferente? Continue. Mais histórias. Lavando os latões depois que o homem da gordura ia embora."

"Bom, eu enchia um balde com água, jogava dentro do latão, sacudia e esvaziava na sarjeta, e de lá a água corria pelos paralelepípedos, carregando toda a sujeira da rua, até entrar no bueiro da esquina. Aí repetia tudo outra vez, quando então a lata ficava realmente limpa."

"E depois", disse Olivia rindo — não, não rindo, mordiscando a isca de um riso — "você imaginou que não ia pegar muitas garotas daquele jeito."

"É, não ia pegar mesmo. Por isso disse ao patrão — sempre

me referia a meu pai na loja como patrão: 'Patrão, não posso mais cuidar desses latões. As garotas do colégio param em frente da loja por causa do ônibus e me veem limpando as latas de lixo. Aí, no dia seguinte, como posso convidá-las para ir ao cinema comigo no sábado? Patrão, não dá'. E ele me disse: 'Está com vergonha? De quê? Qual a razão de ter vergonha? A única coisa vergonhosa é roubar. Nada mais. Trate de lavar as latas'."

"Que legal", disse ela, agora me cativando com um riso totalmente diferente, um riso impregnado de amor pela vida e por todos os seus encantos inesperados. Naquele momento se poderia pensar que a totalidade de Olivia estava contida em seu riso, quando na verdade estava na cicatriz.

Também foi "legal" e a divertiu muito a história que contei sobre o Grande Mendelson, que trabalhava para meu pai quando eu era menino. "O Grande Mendelson tinha uma boca muito suja, ele realmente deveria trabalhar nos fundos do açougue, onde ficava a geladeira, e não na frente, atendendo os fregueses. Mas eu tinha sete ou oito anos e, como ele contava umas piadas picantes e o chamavam de Grande Mendelson, eu achava que era o homem mais engraçado do mundo. Finalmente meu pai teve que se livrar dele."

"O que é que o Grande Mendelson fez para obrigar seu pai a mandá-lo embora?"

"Bem, nas manhãs de quinta-feira, ao voltar do mercado de aves, meu pai empilhava todas as galinhas e as pessoas pegavam as que queriam para comer no fim de semana. Juntava todas em cima de uma mesa. Seja como for, uma mulher, a senhora Sklon, costumava pegar uma galinha e cheirar o bico e depois a parte de trás. Aí apanhava outra, e de novo cheirava o bico e depois cheirava a parte de trás. Fazia a mesma coisa toda semana e tantas vezes a cada semana que o Grande Mendelson não conseguiu se conter e, certo dia, perguntou: 'Senhora Sklon, será que *a senhora* seria capaz de passar nesse teste?'. Ela ficou tão danada com ele que pegou uma faca no balcão e disse: 'Se falar assim comigo de novo, te dou uma facada'."

"E foi por isso que seu pai o mandou embora?"

"Foi obrigado a mandar. A essa altura ele já tinha dito coisas desse tipo várias vezes. Mas o Grande Mendelson tinha razão no caso da senhora Sklon. Ela não era mesmo fácil nem para mim, e olha que eu era o rapaz mais simpático do mundo."

"Não duvido mesmo disso", disse Olivia.

"Para o bem ou para o mal, é isso que eu era."

"Que sou. Que é."

"A senhora Sklon foi a única freguesa que não quis que eu namorasse as filhas dela. Eu não conseguia enganar a senhora Sklon. Ninguém conseguia. Eu fazia entregas na casa dela. E, a cada entrega, ela abria tudo. E eram sempre pedidos grandes. Tirava tudo do saco, desembrulhava os papéis encerados, pesava item por item para ter certeza de que o peso estava correto. Eu tinha de ficar lá, de pé, olhando aquele espetáculo. Eu estava sempre com pressa porque queria fazer as entregas o mais rápido possível e voltar ao pátio do colégio para jogar bola. Por isso, depois de certo dia passei a deixar a encomenda na porta dos fundos. Punha as coisas no degrau mais alto, dava uma batida na porta e saía em disparada. Mas ela me pegava. Todas as vezes. 'Messner! Marcus Messner! Filho do açougueiro! Volte aqui!' Quando estava com a senhora Sklon, eu sempre achava que estava no centro dos acontecimentos. Sentia o mesmo com o Grande Mendelson. É verdade, Olivia. Sentia o mesmo com as pessoas que iam ao açougue. Eu me distraía com as coisas que aconteciam no açougue." Mas só antes, pensei, só antes que os pensamentos de meu pai o tornassem indefeso.

"E ela tinha uma balança na cozinha, a senhora Sklon... é isso mesmo?", Olivia perguntou.

"É, na cozinha. Mas não era precisa. Era uma balança para bebês. Além disso, a senhora Sklon nunca descobriu nenhum erro. Mas sempre pesava a carne e sempre me apanhava quando eu tentava escapar. Nunca consegui fugir daquela mulher. Sempre me dava vinte e cinco centavos de gorjeta. O que era uma boa gorjeta. A maioria dos fregueses dava dez ou cinco centavos."

"Você teve uma origem modesta. Como o Abe Lincoln. Marcus, o Honesto."

"Olivia, a Insaciável."

"E como foi durante a guerra, quando a carne era racionada? Como foi o mercado negro? Seu pai participou do mercado negro?"

"Se ele subornou o dono do abatedouro? Subornou. Seus fregueses às vezes não tinham selos de racionamento e, se queriam receber alguém, se gente da família vinha de visita, meu pai fazia questão de que tivessem carne para servir, e aí dava algum dinheiro toda semana para o dono do abatedouro, conseguindo com isso uma quantidade maior. Não era grande coisa. E era tudo muito simples. Mas, fora isso, meu pai nunca violou nenhuma lei. Acho que aquela foi a única lei que ele violou em toda a vida, e naquela época todo mundo mais ou menos violava aquela lei. A carne *kosher*, você sabe, tem de ser lavada a cada três dias. Meu pai pegava uma escova e um balde de água e lavava toda a carne. Embora não fôssemos praticantes rígidos, éramos judeus numa vizinhança judia e, ainda por cima, açougueiros *kosher*. Por isso, quando vinha um feriado judaico, a loja era fechada. Mas meu pai me contou que, num feriado qualquer, ele se esqueceu de lavar a carne. Digamos que o Sêder de Pessach caísse numa segunda e numa terça, e ele tivesse lavado a carne na sexta anterior. Teria de voltar a lavar de novo na segunda ou na terça, mas naquela vez se esqueceu. Ora, ninguém sabia que ele havia se esquecido, mas ele sabia, e não ia vender aquela carne para ninguém. Pegou tudo e vendeu com prejuízo para o Mueller, que tinha um açougue não *kosher* na Bergen Street. Sid Mueller. Mas ele não iria vender para seus fregueses. Preferiu sofrer o prejuízo."

"Quer dizer que você aprendeu a ser honesto com ele na loja."

"Provavelmente. Com certeza não posso dizer que aprendi nada de ruim com ele. Seria impossível."

"Sorte sua, Marcus."

"Você acha?"

“Eu sei”, disse Olivia.

“Me conta como é ser filha de um médico.”

Ela ficou lívida quando respondeu: “Não há nada para contar”.

“Você...”

Ela não me deixou prosseguir. “Tenha um pouco de *tato*”, ela disse friamente, e com isso, como se um interruptor houvesse sido desligado ou um aparelho retirado da tomada — como se a tristeza houvesse tombado sobre ela como uma tempestade —, seu rosto simplesmente se fechou. Pela primeira vez na minha presença, sua beleza também se apagou. Desapareceu. A brincadeira e o brilho de repente extintos, extinto o que havia de divertido nas histórias sobre o açougue, tudo substituído por uma palidez terrível, doentia, no momento em que quis saber mais sobre ela.

Fingi indiferença, mas fiquei chocado, tão chocado que apaguei aquele momento quase imediatamente. Era como se alguém tivesse me obrigado a girar e girar até que, tonto, precisei retomar o equilíbrio antes de poder responder: “Pode contar com meu tato”. Mas isso me entristeceu — e antes eu estava *tão* feliz, não só por haver feito Olivia rir mas por ter lembrado de meu pai tal como ele tinha sido — como sempre tinha sido — naqueles dias sem ameaças ou mudanças, quando todos se sentiam seguros e à vontade em seus lugares. Havia me lembrado de meu pai como se ele ainda fosse o mesmo e nossa vida não tivesse sofrido aquele estranho desvio. Lembrando dele quando era tudo menos indefeso — quando, sem discussão, sem usar recursos tirânicos, de modo tranquilizador, com naturalidade, ele era o patrão, e eu, seu filho e herdeiro, me sentia tão fantasticamente livre.

Por que ela não quis me responder quando perguntei como era ser a filha de um médico? De início eliminei esse momento da memória, porém depois ele retornou e se recusou a ir embora. Será que não queria falar sobre o divórcio? Ou era alguma coisa pior? “Um pouco de tato.” Por quê? O que aquilo queria dizer?

* * *

Minha mãe chegou no final da manhã de domingo e fomos conversar a sós no solário que ficava no fim do corredor. Queria lhe mostrar como podia ficar em pé perfeitamente e andar uma boa distância, como me sentia bem. Estava feliz em vê-la aqui, longe de New Jersey, numa parte do país que ela não conhecia — tudo que estava acontecendo era novidade —, mas sabia que, quando Olivia chegasse, teria de apresentar uma à outra. E então minha mãe, muito observadora, veria a cicatriz no pulso de Olivia e me perguntaria o que eu estava fazendo com uma garota que havia tentado se suicidar, pergunta para a qual eu mesmo ainda não tinha resposta. Difícil passar uma hora sem me fazer a mesma pergunta.

Pensei de início em dizer a Olivia que não viesse me ver no dia em que minha mãe estava vindo. Mas já a havia ferido bastante ao mencionar estupidamente o boquete que ela fizera no Cottler e, mais tarde, quando pedi, com toda a inocência, que me contasse como era ser filha de um médico. Não querendo feri-la de novo, nada fiz para manter seu pulso cortado fora do raio dos olhos de lince de minha mãe. Nada fiz — quer dizer, fiz exatamente a coisa errada. Outra vez.

Minha mãe estava exausta da viagem noturna de trem, a que se seguira uma hora de ônibus, e, embora só tivessem se passado poucos meses desde que a vira ao sair de casa, ela me deu a impressão de ter envelhecido muito, uma mãe bem mais gasta do que a que eu deixara para trás. Um olhar atormentado, que eu não estava acostumado a ver, aprofundava as rugas e impregnava todos os traços do rosto, parecendo ter penetrado em sua própria pele. Embora eu tratasse de tranquilizá-la quanto a mim — ao mesmo tempo que procurava me tranquilizar quanto a ela —, e apesar de haver mentido sobre como estava satisfeito com tudo na Winesburg, dela emanava uma infelicidade tão pouco característica que por fim tive de perguntar: "Mamãe, tem alguma coisa de errado que eu não saiba?".

"Tem alguma coisa de errado que você sabe. Seu pai", ela

disse, surpreendendo-me ainda mais ao começar a chorar. "Há alguma coisa de muito errado com seu pai e não sei o que é."

"Ele está doente? Tem alguma coisa?"

"Markie, acho que ele está ficando louco. Não sei que outro nome dar àquilo. Lembra como ele falou com você no telefone sobre a cirurgia? É assim que ele está agora com relação a tudo. Seu pai, que enfrentava qualquer dificuldade na família, que sobreviveu a todos os problemas na loja, que era simpático com os piores fregueses — mesmo depois que fomos roubados naquela vez em que os ladrões o trancaram na geladeira para esvaziar a caixa, você lembra o que ele disse: 'O dinheiro a gente recupera. Graças a Deus não aconteceu nada conosco'. O homem que era capaz de dizer isso, e *acreditar* nisso, agora vive às voltas com um milhão de preocupações. O homem que, quando Abe foi morto na guerra, amparou o tio Muzzy e a tia Hilda, que, quando Dave foi morto na guerra, amparou tio Shecky e tia Gertie, que até hoje mantém unida a família Messner, com todas as suas tragédias — e agora você precisa ver o que acontece quando ele simplesmente está dirigindo a caminhonete. Ele dirige no condado de Essex desde que se entende por gente, mas agora faz as entregas como se todos na rua fossem malucos, com exceção dele. 'Olha aquele sujeito, olha o que ele fez. Viu aquela mulher, será que ela é doida? Por que é que as pessoas atravessam a rua com o sinal amarelo? Querem ser atropeladas, não querem ver os netos crescerem, irem para a universidade e se casarem?' Sirvo o jantar e ele fica cheirando a comida como se eu quisesse envenená-lo. É verdade. 'Isto está fresco?', ele pergunta. 'Cheira isto.' Comida preparada por mim, na minha cozinha absolutamente limpa, e ele não come com medo de que esteja estragada e vá envenená-lo. Estamos na mesa, só nós dois: eu como, ele não. É horrível. Fica lá sentado sem dar uma garfada, esperando para ver se eu caio morta."

"E se comporta assim na loja?"

"Sim, com medo o tempo todo. 'Estamos perdendo a freguesia. O supermercado está arruinando nosso negócio. Estão vendendo carne de qualidade inferior como se fosse de primeira, não pensa que eu não sei. Não dão aos fregueses o produto com o peso correto, o preço de tabela é quarenta centavos por quilo de carne de galinha, mas, com o macete na balança, eles fazem os fregueses pagarem cinquenta centavos por quilo. Sei como eles fazem isso, tenho certeza que estão trapaceando os fregueses...' E por aí vai, meu querido, dia e noite. É verdade que nosso negócio não vai bem, mas todos os negócios em Newark não vão bem. As pessoas estão se mudando para os subúrbios e os negócios vão atrás. A vizinhança está passando por uma revolução. Newark não é mais o que era durante a guerra. Muita gente na cidade de repente começou a sofrer, mas isso não significa que estamos morrendo de fome. Temos despesas a pagar, mas quem não tem? Estou reclamando de ter de trabalhar de novo? Não. Nunca. Mas ele age como se eu estivesse reclamando. Preparo e embrulho um pedido como venho preparando e embrulhando há vinte e cinco anos, e ele me diz: 'Assim não, os fregueses não gostam desse jeito! Você está com tanta pressa de voltar para casa, olha só como embrulhou!'. Reclama até de como anoto os pedidos no telefone. Os fregueses sempre gostaram de conversar comigo, de fazer os pedidos para mim, porque mostro interesse por eles. Agora, falo demais com os fregueses. Ele não tem mais paciência quando procuro ser gentil com nossos fregueses! Estou no telefone anotando um pedido e digo: 'Ah, quer dizer que seus netos estão vindo. Que coisa boa. Eles estão gostando da escola?'. E seu pai pega o outro telefone e diz à freguesa: 'Se quiser conversar com minha mulher, chame de noite, não durante as horas de trabalho', e aí desliga. Se isso continuar, se ele não mudar, se eu tiver de continuar vendo ele empurrar as ervilhas no prato com o garfo, procurando como um louco pela pílula de cianeto de potássio... Querido, é isso que eles chamam de mudança de personalidade, ou aconteceu alguma coisa terrível com ele? É algo novo... isso é possível? Sem mais nem menos? Aos cinquenta anos? Ou é alguma coisa que já estava lá, enterrada fazia muito tempo, e que agora veio à tona? Será que vivi esses anos todos com uma bomba de efeito retardado? Tudo que sei é que alguma coisa transformou meu marido numa pessoa diferente. Meu marido querido, e agora estou totalmente confusa sem saber se ele é um homem ou dois!"

Parou por ali, chorando de novo, a mãe que nunca chorava, nunca vacilava, uma garota americana bem articulada que aprendeu iídiche com ele a fim de se comunicar com os fregueses mais idosos, formada no ginásio South Side com especialização em matérias comerciais, que poderia facilmente ter trabalhado como contadora num escritório, mas aprendera com ele a cortar e a preparar carne a fim de trabalhar a seu lado na loja, cuja absoluta confiabilidade, cujas palavras de bom senso e raciocínios coerentes me haviam transmitido segurança durante toda uma infância que transcorreu serena. E, seja como for, no final ela se tornou de fato uma contadora — ou melhor, uma contadora *também* —, porque, ao voltar para casa após um dia de trabalho no açougue, tinha de cuidar à noite dos livros e passava o último dia de cada mês enviando cobranças no papel de nossa loja. Os papéis ostentavam na parte de cima o nome "Açougue *Kosher* Messner", ladeado por uma vaquinha à esquerda e uma galinha à direita, e, quando eu era pequeno, nada me deixava mais feliz do que aqueles desenhos e a solidez de meus pais. Era uma vez uma família admirável, bem organizada e trabalhadora, irradiando unidade... e agora ele tinha medo de tudo e ela estava desesperada de dor diante do que não sabia com certeza se devia ser rotulado de "mudança de personalidade" — e eu praticamente fugira de casa.

"Você devia ter me contado", eu disse. "Por que não me falou que era tão sério?"

"Não queria te aborrecer na universidade. Você tinha seus estudos."

"Mas quando é que você acha que começou?"

"Na primeira noite em que ele te trancou do lado de fora de casa, foi aí que começou. Aquela noite mudou tudo. Você não imagina como briguei com ele antes de você voltar aquela noite para casa. Nunca te contei. Não queria deixar seu pai numa situação ainda mais desagradável. 'O que é que você pensa conseguir trancando a porta?', perguntei a ele. 'Você realmente quer que seu filho não entre em casa, é por isso que está trancando a porta por dentro? Acha que vai lhe dar uma lição, mas o que é que você vai fazer se *ele* te der uma lição indo dormir noutro lugar? Porque é isso que uma pessoa inteligente faz quando descobre que não pode entrar em casa — ela não fica no frio, esperando pegar uma pneumonia. Trata de ir para um lugar quente onde seja bem-vinda. Ele vai para a casa de um amigo, você verá. Vai para a casa do Stanley. Vai para a casa do Alan. E os pais deles vão deixá-lo entrar. Ele não vai aceitar isso assim como um bobo, não o Markie.' Mas seu pai se recusou a mudar de ideia. 'Como é que posso saber onde ele está a esta hora? Como é que posso saber se ele não está num bordel?' Nós dois deitados na cama e ele gritando que meu filho poderia estar num bordel. 'Como é que posso saber', me perguntou, 'se a esta hora ele não está arruinando a sua vida?' Não consegui controlá-lo, e agora este é o resultado."

"Qual é o resultado?"

"Você agora vive no meio de Ohio e ele anda pela casa berrando: 'Por que ele tem de tirar o apêndice num hospital a oitocentos quilômetros de casa? Não há hospitais em New Jersey onde se pode tirar um apêndice? Os melhores hospitais do mundo estão aqui neste estado! Afinal de contas, o que é que ele está fazendo tão longe?' Medo, Marcus, medo saindo de cada poro, raiva saindo de cada poro, e eu não sei como parar nem o medo nem a raiva."

"Leve ele a um médico, mamãe. Leve a um desses hospitais maravilhosos de New Jersey e deixe que descubram o que há de errado com ele. Talvez possam dar alguma coisa para acalmá-lo."

"Não faça graça com isso, Markie. Não zombe de seu pai. Isso tem tudo para virar uma tragédia."

"Mas estou falando *sério*. Tudo indica que ele precisa consultar um médico. Ver *alguém*. Não pode cair tudo em cima de você assim."

"Mas seu pai é seu pai. Não toma aspirina se tem dor de cabeça. Não cede em nada. Não vai nem ver um médico por causa da tosse. Para ele, as pessoas são muito mimadas. 'É o fumo', ele diz, e com isso encerra a conversa. 'Meu pai fumou a vida inteira. Eu fumo a vida inteira. Shecky, Muzzy e Artie fumam a vida inteira. Os Messner fumam. Não preciso de um doutor para me dizer como cortar um bife de paleta e não preciso de um doutor para me falar sobre o fumo.' Ele não consegue dirigir no tráfego sem buzinar para todo mundo que se aproxima, e quando lhe digo que não há necessidade disso, ele grita: 'Não *há*? Com esses loucos dirigindo pelas ruas?' Mas ele é que é o louco nas ruas. E eu não aguento mais."

Embora preocupado com o bem-estar de minha mãe, embora angustiado por vê-la tão abalada — ela, que era a âncora e o esteio de nossa família; ela, que atrás do balcão do açougue era tão hábil no manejo de um cutelo quanto ele —, lembrei-me, ao ouvi-la, do motivo pelo qual eu estava na Winesburg. Esqueça os serviços na igreja, esqueça Caudwell, esqueça os sermões do doutor Donehower, os horários de toque de recolher monásticos aplicados às garotas e tudo mais que há de errado com este lugar — trate de se adaptar e faça com que as coisas funcionem. Porque, ao sair de casa, você salvou sua vida. Salvou a vida dele. Porque eu teria dado um tiro nele para fazê-lo se calar. Poderia dar-lhe um tiro agora pelo que estava fazendo com ela. No entanto, o que ele fazia consigo próprio era pior. E como se atira em alguém cujo surto inicial de loucura aos cinquenta anos estava não apenas prejudicando a vida da mulher e alterando irreparavelmente a vida do filho, mas também devastando sua própria vida?

"Mamãe, você tem de levá-lo ao doutor Shildkret. Ele confia no doutor Shildkret. Acredita de olhos fechados no doutor Shildkret. Vamos ver o que o doutor Shildkret acha." Eu não tinha em alta conta o Shildkret, e menos ainda seus dotes intelectuais; ele era nosso médico só porque cursara o primário com meu pai e ambos haviam crescido sem um tostão na mesma rua miserável de Newark. Porque o pai de Shildkret era "um filho da puta preguiçoso" e a mãe uma mulher sofredora que, na opinião generosa de meu pai, merecia ser chamada de "santa", o idiota do filho deles era nosso médico de família. Pobres de nós, porém eu não sabia quem ou o que recomendar fora o Shildkret.

"Ele não vai", disse minha mãe. "Já sugeri isso. Se recusa a ir. Não há nada errado com ele... o resto do mundo é que está errado."

"Então vá *você* ver o Shildkret. Conte o que está acontecendo. Ouça o que ele diz. Talvez possa mandá-lo a um especialista."

"Um especialista em dirigir em Newark sem tocar a buzina para cada carro que passa perto? Não. Não posso fazer isso com seu pai."

"Fazer o quê?"

"Envergonhá-lo diante do doutor Shildkret. Se soubesse que fui lá e falei dele pelas costas, ficaria arrasado."

"E em vez disso ele é que te arrasa? Olhe para você. Você está uma ruína. Você, a pessoa mais forte do mundo, se tornou uma ruína. O tipo de ruína em que eu teria me transformado se continuasse com ele naquela casa por mais um dia."

"Querido...", e nesse ponto ela agarrou minha mão. "Querido, será que eu devo? Será que eu posso? Vim até aqui para perguntar a você. Você é a única pessoa com quem posso falar sobre isso."

"Pode o quê? Está me perguntando o quê?"

"Não posso dizer a palavra."

"Que palavra?", perguntei.

"Divórcio." E então, com minha mão ainda na sua, ela usou nossas mãos juntas para cobrir a boca. O divórcio era algo desconhecido em nossa vizinhança judaica. Fui levado a crer que era praticamente desconhecido no mundo judaico. O divórcio era uma vergonha. O divórcio era um escândalo. Despedaçar uma família com um divórcio era quase um ato criminoso. Eu havia crescido sem saber de uma única família, entre todos os meus amigos, colegas de escola e conhecidos, em que os pais tivessem se divorciado, fossem bêbados ou, para completar a lista, possuíssem um cachorro. Fui criado para considerar essas três coisas repugnantes. Minha mãe só teria conseguido me deixar mais pasmo se houvesse me dito que tinha comprado um cão dinamarquês.

"Ah, mamãe, você está tremendo. Você está em estado de choque." Tanto quanto eu estava. Será que ela *iria*? Por que não? Se eu fugira para a Winesburg, por que ela não podia se divorciar? "Vocês estão casados há vinte e cinco anos. Você o ama."

Ela sacudiu a cabeça vigorosamente. "Não! Eu o odeio! Fico sentada no carro enquanto ele dirige e grita para mim dizendo que todo mundo está errado menos ele, e eu o odeio do fundo do coração!"

Ambos nos surpreendemos com tanta veemência. "Não é verdade", eu disse. "Mesmo se agora parece verdade, não é uma condição permanente. É só porque eu fui embora e você está sozinha com ele, sem saber o que fazer com ele. Por favor, vá ver o doutor Shildkret. Pelo menos para começar. Peça um conselho a ele." Entretanto, eu temia que Shildkret dissesse: "Ele tem razão. As pessoas não sabem mais dirigir. Eu mesmo notei isso. Hoje em dia, se você entra no seu carro, está arriscando a vida". Além de idiota, Shildkret era um péssimo médico, e tive muita sorte que minha apendicite se manifestou bem longe dele. Teria receitado uma lavagem intestinal e eu estaria morto a esta altura.

Morto. Tinha pego a coisa com meu pai. Só pensava nas diversas maneiras pelas quais eu podia morrer. *Você é estranho, sabe. Muito estranho. Mais estranho do que eu acho que você se dá conta de que é.* E Olivia devia ser boa em matéria de detectar coisas estranhas, não é mesmo?

"Estou consultando um advogado", disse então minha mãe.

"Não!"

"Sim. Já estive com ele. Contratei um advogado", continuou no tom desesperançado de alguém que diz "Estou falido" ou "Vou fazer uma lobotomia". "Fui sozinha. Não posso mais viver com seu pai naquela casa. Não posso trabalhar com ele na loja. Não posso andar no carro com ele dirigindo. Não posso mais dormir ao lado dele na cama. Não quero ele tão perto de mim — ele se tornou uma pessoa raivosa demais para se dormir ao lado dele. Me dá medo. Foi isso que vim te contar." Agora ela não chorava mais. De repente voltara a ser ela própria, pronta para entrar na batalha e lutar com garra, enquanto era eu quem estava quase caindo no choro, sabendo que nada disso estaria acontecendo se tivesse ficado em casa.

É preciso ter músculos fortes para trabalhar num açougue, e minha mãe tinha músculos fortes, que senti ao ser tomado em seus braços enquanto eu chorava.

Quando voltamos do solário — passando pela senhorita Clement, que, comprovando ser uma santa, teve a gentileza de desviar o olhar —, já fazia alguns minutos que Olivia estava no quarto arrumando o segundo buquê de flores que trouxera. Com as mangas do suéter arregaçadas, a fim de que elas não se molhassem com a água posta em outra jarra, era bem visível a cicatriz no pulso daquela mão com a qual ela havia condenado a senhorita Clement ao silêncio, daquela mão com que perseguíamos nossos fins indecentes num quarto de hospital enquanto ao nosso redor, nos demais quartos, as pessoas se comportavam de acordo com regras que nem ao menos permitiam conversas em voz alta. Nesse momento, a cicatriz de Olivia me pareceu tão proeminente como se ela houvesse cortado o pulso apenas alguns dias antes.

Ainda criança, eu às vezes era levado por meu pai ao matadouro da Astor Street no bairro Ironbound de Newark. Também era levado ao mercado de aves no fim da Bergen Street. Lá eu vi as galinhas serem mortas. Vi matarem centenas de galinhas de acordo com as leis *kosher*. Primeiro meu pai escolhia as galinhas que queria. Elas ficavam em gaiolas, empilhadas em cinco camadas, e ele enfiava o braço para tirar uma, segurava a cabeça para não ser bicado e apalpava o esterno. Se o osso se movia, a galinha era jovem e a carne seria tenra; se o osso se revelasse rígido, muito provavelmente a galinha era velha e a carne seria dura. Ele também soprava as penas para ver a pele, que de preferência devia ser amarela e mostrar um pouco de gordura. As que ele selecionava iam sendo postas numas caixas que havia por lá e então o *shochet*, o carniceiro, as matava seguindo o ritual. Dobrava o pescoço da galinha para trás — sem quebrá-lo, só formando um arco, às vezes arrancando algumas penas para ver melhor o que estava fazendo — e, com uma faca afiadíssima, cortava a garganta. Para a galinha ser *kosher*, era preciso cortar a garganta num golpe seco e letal. Uma de minhas mais estranhas recordações de infância tem a ver com o abate de galinhas não *kosher*, em que a cabeça era simplesmente decepada. Zás-trás! Então punham a galinha sem cabeça num cano afunilado. Formando um círculo, havia uns seis ou sete desses canos de onde o sangue escorria para um grande barril. Vez por outra as pernas das galinhas ainda se moviam e, mais raramente, uma delas caía do cano, quando então, como diz o provérbio popular, começava a correr sem cabeça de um lado para o outro. Podia acabar batendo numa parede, mas o fato é que corria de verdade. Eles também punham as galinhas *kosher* nos canos afunilados. A sangueira, a matança... meu pai já estava calejado, mas no começo eu naturalmente fiquei perturbado, por mais que tentasse não demonstrar. Eu era pequeno, tinha uns seis ou sete anos, mas aquele era o nosso negócio e bem cedo aceitei que o negócio era uma sujeira só. O mesmo acontecia no abatedouro, onde, para tornar o animal *kosher*, era necessário retirar todo o sangue. Num abatedouro não *kosher*, podem dar um tiro no animal, podem dar uma pancada para deixá-lo inconsciente, podem matá-lo da forma que quiserem. Mas, para ser *kosher*, o animal tem de morrer devido à perda de sangue. E, nos tempos em que eu era o filho pequeno de um açougueiro e tinha de aprender como se fazia o abate, eles penduravam o animal pelo pé para sangrá-lo. Primeiro enrolavam uma corrente na perna traseira para conter o animal. Como a corrente estava acoplada a um guincho, o animal era rapidamente erguido e ficava preso pela pata de trás a fim de que todo o sangue corresse para a cabeça e a frente do corpo. Só então ele podia ser morto. Entrava o *shochet* usando um solidéu. Sentava-se numa espécie de pequena alcova (pelo menos era assim no abatedouro da Astor Street), ajeitava a cabeça do animal sobre os joelhos, empunhava um grande facão, pronunciava uma *bracha* (benção) e cortava o pescoço. Se fizesse isso num só golpe, se cortasse a traqueia, o esôfago e as carótidas sem tocar na coluna vertebral, o animal morria instantaneamente e era *kosher*; se precisasse cortar duas vezes ou o animal padecesse, se o facão não estivesse perfeitamente afiado ou a coluna vertebral fosse atingida, então o animal não era *kosher*. O *shochet* abria a garganta de orelha a orelha e deixava o animal pendurado até que todo o sangue escorresse. Era como se ele houvesse despejado um balde de sangue, vários baldes de sangue ao mesmo tempo, porque o sangue jorrava com muita força das artérias para o piso de concreto com um ralo. Ele ficava lá de pé, usando botas, com sangue até os tornozelos apesar do ralo — vi tudo isso quando era menino. Testemunhei muitas vezes. Meu pai achava importante eu ver aquilo — o mesmo homem que agora tinha medo de tudo que se relacionasse a mim e, por alguma razão, tinha medo de tudo que se relacionasse a ele próprio.

Minha conclusão é a seguinte: foi isso que Olivia tentou fazer, matar-se de acordo com os preceitos *kosher* esvaziando seu corpo de sangue. Caso tivesse obtido êxito, caso houvesse completado eficientemente a tarefa com um único golpe perfeito da gilete, teria se tornado *kosher* segundo a lei rabínica. A cicatriz de Olivia resultava da tentativa de executar seu próprio abate ritual.

Herdei de minha mãe a altura que tenho. Ela era uma mulher grande e corpulenta, de um metro e oitenta, muito mais alta que meu pai e qualquer outra mãe na vizinhança. Com as sobrancelhas negras e espessas, os cabelos grossos e grisalhos (e, na loja, as roupas cinza de tecido ordinário por baixo de um avental branco ensanguentado), ela simbolizava a mulher trabalhadora tão convincentemente quanto qualquer operária soviética nos cartazes de propaganda sobre os aliados de além-mar dos Estados Unidos que eram pendurados nas salas de nossa escola primária durante a Segunda Guerra Mundial. Olivia era esbelta e linda e, mesmo medindo entre um metro e setenta e um metro e setenta e três, desaparecia ao lado de minha mãe. Por isso, quando a mulher que costumava trabalhar usando um avental branco sujo de sangue, manejando longas facas tão afiadas quanto espadas, abrindo e fechando a pesada porta da geladeira e alimentando com pedacinhos de carne empilhados numa folha ensebada de jornal os dois grandes gatos que mantínhamos no malcheiroso quarto dos fundos (não para acariciá-los e beijá-los, mas para que matassem os ratos e camundongos que viviam no porão), quando ela estendeu a mão para Olivia apertar, vi não apenas Olivia como devia ter sido em menina mas também o quanto era vulnerável a qualquer coisa que a confundisse fortemente. Sua mão delicada foi agarrada como uma costeleta de cordeiro pela grande pata de urso de minha mãe, porém toda ela estava tomada pelo que quer que seja que a havia levado, recém-saída da infância, primeiro à bebida e depois à beira da destruição. Ela se revelava submissa e frágil até o fundo da alma, uma criancinha *ferida*, mas só acabei por entender isso porque minha mãe, mesmo afrontada por meu pai e até disposta a se divorciar dele, o que equivaleria a matá-lo — sim, agora também o via morto —, era tudo menos frágil e submissa. Que meu pai tivesse conseguido fazer minha mãe procurar por conta própria um advogado para falar sobre divórcio dava a medida não da fraqueza dela, mas do poder arrasador da inexplicável transformação que ele sofrera, do fato de haver sido virado do avesso pelas incessantes premonições de alguma catástrofe.

Minha mãe chamou Olivia de "senhorita Hutton" durante os vinte minutos em que ficaram juntas comigo no quarto do hospital. Fora isso, seu comportamento foi impecável, assim como o de Olivia. Ela não fez nenhuma pergunta embaraçosa a Olivia, não quis saber sobre sua vida ou o que significava o arranjo de flores em termos de nosso relacionamento — *ela* soube mostrar tato. Apresentei Olivia como uma colega que trazia meus trabalhos de casa e levava de volta o material preparado por mim, para que eu não me atrasasse nas matérias. Não a surpreendi nem uma vez olhando para os pulsos de Olivia ou manifestando, com relação a ela, qualquer suspeita ou desaprovação. Se não tivesse se casado com meu pai, minha mãe, sem a menor dificuldade, poderia desempenhar muitas funções bem mais exigentes em matéria de diplomacia e inteligência do que necessitava para trabalhar num açougue. Sua aparência algo assustadora escondia a habilidade que sabia exercer quando as circunstâncias pediam astúcia no tocante às sutilezas da vida, as quais meu pai desconhecia por completo.

Olivia, como eu disse, também não me decepcionou. Nem piscava ao ser chamada repetidamente de senhorita Hutton, embora eu o fizesse a cada vez. O que havia nela que inspirou tal formalidade? Não o fato de não ser judia. Conquanto minha mãe fosse uma judia provinciana de Newark, com todas as características de sua classe e de seu tempo, ela nada tinha de ignorante e sabia muitíssimo bem que, vivendo no coração do Meio-Oeste dos Estados Unidos em meados do século XX, seu filho muito provavelmente iria buscar a companhia de garotas que pertencessem à fé predominante, onipresente e quase oficial do país. Seria então a aparência de Olivia que a desconcertou, o jeito de pessoa privilegiada que ela tinha, como se jamais houvesse enfrentado o menor problema? Teria sido seu corpo esbelto e jovem? Será que minha mãe não estava preparada para aquela delicadeza física tão flexível, coroada com a abundante cabeleira castanha? Por que os seguidos "senhorita Hutton" dirigidos a uma moça bem-educada de dezenove anos que, tanto quanto ela sabia, nada mais fizera do que ajudar seu filho que se recuperava de uma cirurgia no hospital? O que a ofendera? O que a alarmara? Não podiam ser as flores, conquanto elas não ajudassem. Só podia ser uma olhada de relance na cicatriz o que tornou impronunciável e improferível o primeiro nome de Olivia. Foi a cicatriz *juntamente* com as flores.

A cicatriz tinha se apossado de minha mãe, e Olivia sabia

disso tanto quanto eu. Todos sabíamos disso, o que tornou quase insuportável ter de ouvir as palavras ditas sobre qualquer outra coisa. Olivia haver resistido no quarto com minha mãe por vinte minutos representou um ato comovente de força e bravura.

Tão logo Olivia saiu para tomar o ônibus de volta a Winesburg, minha mãe foi ao banheiro, não para se lavar, mas para limpar a pia, a banheira e a privada com sabonete e toalhas de papel.

"Mamãe, não faça isso", gritei para ela. "Você acaba de sair de um trem, está tudo limpinho."

"Estou aqui, é preciso e vou fazer."

"Mas *não* precisa. Fizeram isso de manhã bem cedo."

Mas ela precisava daquilo mais do que o banheiro precisava. Trabalho — certas pessoas anseiam pelo trabalho, qualquer trabalho, por mais pesado ou desagradável que seja, a fim de drenar a dureza de suas vidas e afastar da mente os pensamentos homicidas. Ao sair do banheiro, ela era de novo a minha mãe, o esforço de esfregar e lavar havia restaurado o calor feminino que ela sempre esteve disposta a me dar. Lembrei-me de que, quando era criança, *Mamãe trabalhando* era o que sempre me vinha à cabeça na escola quando pensava nela, *Mamãe trabalhando*, mas não porque o trabalho lhe pesasse. Para mim, sua grandeza maternal estava ligada ao fato de ela ser tão competente no açougue quanto meu pai.

"Então me conte sobre seus estudos", ela disse, acomodando-se numa cadeira no canto do quarto enquanto eu erguia o corpo e me recostava nos travesseiros. "Me conte o que está aprendendo aqui."

"História dos Estados Unidos até 1865. Dos primeiros povoados em Jamestown e na baía de Massachusetts até o fim da Guerra Civil."

"E você gosta disso?"

"Gosto, mamãe, gosto muito."

"O que mais você estuda?"

"Princípios do governo norte-americano."

"De que se trata?"

"De como o governo funciona. Seus fundamentos. Suas leis. A Constituição. A separação dos poderes. Os três poderes. Tive aulas de educação cívica no ginasial, mas nunca essas coisas do governo com tanta profundidade. É um bom curso. Lemos documentos. Lemos algumas das mais famosas decisões da Suprema Corte."

"Isso é ótimo para você. É o tipo de coisa que te interessa. E os professores?"

"São bons. Não são gênios, mas dão para o gasto. De qualquer modo, eles nunca são a coisa mais importante. Tenho os livros para estudar, posso usar a biblioteca — disponho de tudo que um cérebro precisa para se educar."

"E está mais feliz longe de casa?"

"É melhor para mim, mamãe", eu disse, pensando que era melhor para mim mas não para ela.

"Leia para mim, meu querido. Leia para mim alguma coisa de um de seus livros da universidade. Quero ouvir o que você está aprendendo."

Peguei o primeiro volume de *O crescimento da república norte-americana* que Olivia trouxera de meu quarto e, abrindo-o ao acaso, bati no início de um capítulo que já estudara, "O governo de Jefferson", com o subtítulo "1. A revolução de 1800." "'Thomas Jefferson',", comecei, "'ruminando anos depois os acontecimentos de uma vida agitada, considerou que sua eleição à Presidência havia sinalizado uma revolução tão real quanto a de 1776. Ele salvara o país da monarquia e do militarismo, trazendo-o de volta à simplicidade republicana. Nunca houve, porém, o menor risco de uma monarquia; foi John Adams quem salvou o país do militarismo; e um pouco de simplicidade não pode ser visto como algo revolucionário'."

Fui adiante: "'Fisher Ames predisse que, com um presidente 'jacobino', os Estados Unidos corriam o risco de viver um verdadeiro reinado do terror. No entanto, os quatro anos seguintes foram um dos períodos mais tranquilos das Olimpíadas Republicanas, caracterizado não por reformas radicais ou tumultos populares...'". E, quando ergui os olhos em meio à frase, vi que minha mãe cochilava na cadeira com um sorriso estampado no rosto. Seu filho estava lendo em voz alta para ela o que estudava na universidade. Só isso valia a viagem de trem e de ônibus, talvez até a visão da cicatriz da senhorita Hutton. Pela primeira vez em muitos meses ela se sentia feliz.

Para mantê-la assim, prossegui: "'... mas pela aquisição pacífica de um território tão grande quanto o dos Estados Unidos. A eleição de 1800-1801 resultou mais numa mudança de homens que de políticas, bem como numa transferência do poder federal da latitude de Massachusetts para a da Virginia...'". Agora ela caíra de todo no sono, mas não parei. Madison, Monroe. J. Q. Adams. Teria lido até Harry Truman se com isso aliviasse o sofrimento de havê-la deixado para trás, sozinha, com um marido agora fora de controle.

Ela passou a noite num hotel não muito distante do hospital e veio me visitar outra vez na manhã seguinte, segunda-feira, antes de tomar o ônibus que a levaria à estação ferroviária a caminho de casa. Eu próprio deveria sair do hospital após o almoço. Sonny Cottler havia me telefonado na noite anterior. Acabara de saber de minha operação e, embora nosso último encontro no gramado (ao qual nenhum dos dois aludiu) não tivesse sido agradável, insistiu em vir me buscar em seu carro e me levar para a universidade, onde o diretor Caudwell já providenciara para que eu passasse a semana seguinte dormindo na pequena enfermaria adjacente ao Serviço Médico dos Alunos. Eu também poderia descansar lá durante o dia e voltaria a assistir todas as aulas, só estando proibido de fazer educação física. Depois disso estaria em condições de subir os três lances de escada até meu quarto no último andar do Neil Hall. E, umas duas semanas mais tarde, retomaria o trabalho na hospedaria.

Naquela manhã de segunda-feira minha mãe parecia recuperada, inteira e indestrutível. Depois que terminei de tranquilizá-la com respeito às medidas adotadas pela universidade para me receber, a primeira coisa que ela disse foi: "Marcus, não vou me divorciar dele. Decidi que vou tolerar seu pai. Vou fazer tudo que puder para ajudá-lo. Se é isso que você quer de mim, então é isso o que eu quero também. Você não quer ter pais divorciados, e eu não quero que você tenha pais divorciados. Lamento que eu tenha me permitido pensamentos como esses. Sinto muito que eu tenha falado deles a você. O modo como fiz isso, aqui no hospital, com você acabando de sair da cama e começando a caminhar por conta própria... não foi correto. Não foi justo. Peço desculpas. Vou ficar com ele, Marcus, aconteça o que acontecer".

Meus olhos ficaram marejados e imediatamente os cobri com a mão como se assim pudesse esconder as lágrimas ou contê-las com os dedos.

"Pode chorar, Markie. Já vi você chorar antes."

"Eu sei que você viu. Sei que posso chorar. Mas não quero. Estou tão feliz..." Tive de parar para reencontrar minha voz e me recuperar do fato de ter sido reduzido pelas palavras dela à criaturinha que nada mais é do que uma necessidade permanente de carinho e amparo. "Estou muito feliz de ouvir o que você disse. Esse comportamento dele, sabe, pode ser uma coisa temporária. Essas coisas acontecem quando as pessoas atingem uma certa idade, não é mesmo?"

"Tenho certeza que sim", ela disse em tom tranquilizante.

"Obrigado, mamãe. Fico muito aliviado. Não consigo imaginá-lo vivendo sozinho. Só com a loja e o trabalho, sem ter ninguém esperando por ele em casa à noite, ninguém nos fins de semana... é inimaginável."

"É pior do que inimaginável", ela disse, "por isso nem precisa imaginar. Mas, em troca, preciso pedir uma coisa a você. Porque há uma coisa inimaginável para mim. Nunca te pedi nada antes. Nunca te pedi nada antes porque não precisei. Porque você, como filho, é perfeito. Você sempre quis ser um bom menino. Você tem sido o melhor filho que qualquer mãe poderia ter. Mas vou te pedir para não ver mais a senhorita Hutton. Porque saber que você está com ela é inimaginável para *mim*. Markie, você está aqui para ser um estudante, e estudar sobre a Corte Suprema, estudar sobre Thomas Jefferson e se preparar para fazer o curso de direito. Está aqui para que, algum dia, se torne alguém na comunidade que os outros admirarão e a quem pedirão ajuda. Você está aqui para não precisar ser um Messner como seu avô, seu pai e seus tios, trabalhando num açougue o resto da vida. Não está aqui para arranjar confusão com uma garota que pegou uma gilete e cortou os pulsos."

"O pulso", eu disse. "Ela cortou um pulso."

"Um já é bastante. Só temos dois, e um é demais. Markie, vou ficar com seu pai, mas em troca peço que você abra mão dela antes que perca a cabeça e não saiba mais como escapar da situação. Quero fazer um trato. Quer fazer esse trato comigo?"

"Quero", respondi.

"Esse é o meu menino! Esse é o meu meninão maravilhoso! O mundo está cheio de garotas que não cortaram nenhum pulso — que não cortaram *nada*. Estão por aí aos milhões. Encontre uma *delas*. Pode ser uma gói, pode ser qualquer coisa. Estamos em 1951. Você não vive no velho mundo dos meus pais, dos pais deles e de todos que vieram antes. Por que teria de viver? Esse velho mundo está muito, muito longe, e tudo nele desapareceu faz bastante tempo. Só sobrou a carne *kosher*. E basta. Tem de bastar. Provavelmente deveria bastar. Tudo mais pode desaparecer. Nós três nunca vivemos como pessoas num gueto, e não é agora que vamos começar. Somos americanos. Namore quem quiser, case com quem quiser, faça o que quiser com quem quer que você escolha — desde que essa pessoa nunca tenha pego uma gilete para acabar com a vida. Uma garota tão ferida a ponto de fazer uma coisa dessas não serve para você. Querer apagar tudo antes mesmo que sua vida tenha começado — absolutamente não! Você não tem por que se meter com uma pessoa dessas, não precisa de uma pessoa dessas, por mais que ela pareça uma deusa e por mais que te traga flores bonitas. Ela é uma bela jovem, não há dúvida. Obviamente, teve uma boa formação. Embora talvez haja mais coisas relacionadas com sua formação do que a nossa vista pode alcançar. A gente nunca sabe essas coisas. Nunca se sabe a verdade sobre o que acontece na casa dos outros. Quando uma criança perde o rumo, examine primeiro a família. Seja como for, sinto muito por ela. Nada tenho contra ela. Desejo-lhe muita sorte. Rezo para que sua vida não se perca à toa. Mas você é meu filho único, minha responsabilidade é para com você e não para com ela. Você tem de romper essa ligação totalmente. Precisa procurar outra namorada."

"Entendo", eu disse.

"Entende mesmo? Ou está dizendo isso só para evitar uma briga?"

"Não tenho medo de briga, mamãe. Você sabe disso."

"Sei que você é forte. Enfrentou seu pai, e ele não é nenhum fracote. E teve razão de enfrentá-lo; cá entre nós, fiquei orgulhosa por você tê-lo enfrentado. Mas espero que isso não signifique que, quando eu for embora daqui, você mudará de opinião. Você não vai mudar, vai, Markie? Quando voltar para a universidade, quando ela for te ver, quando começar a chorar e você vir as lágrimas dela, você não vai mudar de opinião? Ela é uma garota repleta de lágrimas. Basta olhar para ela e já dá para saber. Dentro dela só existem lágrimas. Você é capaz de enfrentar as lágrimas dela, Marcus?"

"Sou."

"Você é capaz de enfrentar uma gritaria histérica, se a coisa chegar a esse ponto? Será capaz de enfrentar um pedido desesperado? Será capaz de olhar para o outro lado quando alguém em sofrimento te suplicar e suplicar por alguma coisa que ela quer e você não vai dar? Sim, para um pai você podia dizer: 'Não se meta, me deixe em paz!'. Mas será que tem o tipo de força de que vai precisar agora? Porque você também tem consciência. Uma consciência que me orgulha saber que você tem, mas que pode ser sua inimiga. Você tem consciência, compaixão e também doçura — por isso me diga: sabe como fazer o que vai precisar fazer com essa garota? Porque a fraqueza de outra pessoa pode destruí-lo tanto quanto sua força. As pessoas fracas não são indefesas. A fraqueza delas pode ser sua força. Uma pessoa tão instável pode ser uma ameaça para você, Markie, e uma armadilha."

"Mamãe, não precisa continuar. Pare por aqui. Fizemos um trato."

Ela então me tomou naqueles braços, braços tão fortes quanto os meus, se não mais fortes, e disse: "Você é um rapaz sentimental. Sentimental como seu pai e todos os irmãos dele. Você é um Messner como os outros Messner. Antigamente seu pai era o ajuizado, o razoável, o único com a cabeça no lugar. Agora, sabe-se lá por quê, ficou tão louco quanto os outros. Os Messner não são só uma família de açougueiros. São uma família de gente que berra, uma família de gente que se descontrola, que esperneia, que bate com a cabeça na parede — e agora, sem mais nem menos, seu pai ficou tão ruim quanto o resto. Não seja como eles. Você tem que ser *maior* que os seus sentimentos. Não sou eu que exijo isso de você; é a *vida* que exige. Senão, você vai ser levado de roldão pelos seus sentimentos. Eles te levarão até o mar e você não será mais visto. Os sentimentos podem ser o maior problema na vida. Os sentimentos podem nos pregar peças terríveis. Eles me pregaram uma peça, quando vim aqui te dizer que ia me divorciar do seu pai. Agora já lidei com esses sentimentos. Me promete que você vai lidar com os seus".

"Eu prometo. Vou, sim."

Nos beijamos e, pensando ao mesmo tempo em meu pai, foi como se estivéssemos unidos por uma solda em nosso desejo desesperado de que ocorresse um milagre.

Na enfermaria, fui levado até a cama estreita de hospital — uma de três num quarto pequeno e claro que dava para o bosque do campus — que eu ocuparia durante a semana seguinte. A enfermeira me mostrou como puxar a cortina que cercava a cama para ter mais privacidade, embora, segundo me disse, as duas outras camas estivessem desocupadas e eu tivesse por enquanto todo o lugar para mim. Do outro lado do corredor ficava o banheiro, com uma pia, uma privada e um chuveiro. Ao vê-los, lembrei-me de minha mãe limpando o banheiro do hospital depois de Olivia ter nos deixado para retornar ao campus — depois de Olivia ter partido para nunca mais ser chamada de volta à minha vida, caso eu mantivesse a promessa feita à minha mãe.

Sonny Cottler estava comigo na enfermaria e ajudou-me a arrumar as coisas — livros de estudo e alguns artigos de toalete — a fim de que, seguindo as instruções de despedida do médico, eu não carregasse ou levantasse nenhum peso. Quando voltávamos de carro do hospital, Sonny disse que eu podia chamá-lo se precisasse de qualquer coisa e convidou-me para jantar na fraternidade naquela noite. Foi muitíssimo gentil e atencioso, e fiquei pensando se minha mãe lhe havia falado sobre a Olivia e se ele estava sendo tão solícito para evitar que eu sentisse saudade dela e rompesse o trato com minha mãe, ou se planejava secretamente convidá-la para sair, agora que eu a havia renegado. Mesmo sendo ajudado por ele eu não conseguia vencer minhas suspeitas.

Tudo que eu via ou ouvia conduzia meus pensamentos na direção de Olivia. Deixei de ir à casa da fraternidade com Sonny e jantei pela primeira vez após a volta ao campus no restaurante dos estudantes, movido pela esperança de encontrar Olivia sozinha numa das mesas menores. Regressando à enfermaria, fiz o trajeto mais longo, que passava pelo Owl, e dei uma olhada lá dentro para ver se ela não estava comendo sozinha no balcão, embora soubesse que Olivia odiava o lugar tanto quanto eu. E, enquanto buscava uma oportunidade para me encontrar com ela, enquanto descobria que tudo, a começar pelo banheiro da enfermaria, me fazia lembrar dela, dizia-lhe o seguinte em minha mente: "Já sinto saudade de você. Sempre vou sentir saudade de você. Nunca haverá ninguém como você!". E, de tempos em tempos, vinha a resposta melódica e brincalhona: "Atirei uma flecha para o alto/ Não sei onde de volta ela caiu". "Ah, Olivia", pensei, começando a lhe escrever outra carta, também na minha cabeça, "você é tão maravilhosa, tão bonita, tão inteligente, tão digna, tão lúcida, tão excepcionalmente sensual. E daí, se cortou o pulso? Ele está curado, não está? Assim como você também! E me fez um boquete — qual é o crime? E fez também um boquete no Sonny Cottler — qual é..." Mas esse pensamento, juntamente com o instantâneo que o acompanhou, não foi tão fácil de gerenciar com sucesso, exigindo vários esforços para ser apagado. "Quero estar com você. Quero estar perto de você. Você *é* uma deusa — minha mãe tinha razão. E quem abandona uma deusa só porque sua mãe mandou? E, faça eu o que fizer, minha mãe não vai se divorciar de meu pai. Ela nunca vai mandá-lo viver com os gatos nos fundos da loja. Aquela conversa de que ia se divorciar dele e havia contratado um advogado foi apenas um truque para me tapear. Mas não podia ser um truque, porque ela já havia me falado do divórcio antes mesmo de te conhecer. A menos que já soubesse de você pelos parentes do Cottler em Newark. Mas minha mãe nunca me enganaria desse jeito. Nem eu poderia enganá-la. Fui apanhado numa armadilha — fiz uma promessa que não posso romper, mas que, se cumprida, vai me destruir!"

Ou talvez, pensei, eu podia descumprir a promessa sem que ela descobrisse... Mas, quando cheguei à aula de história na terça-feira, qualquer possibilidade de trair a confiança de minha mãe desapareceu, pois Olivia não estava lá. Faltou também na quinta. Nem a vi sentada na igreja quando compareci ao serviço na quarta. Verifiquei cada lugar de cada fileira, porém ela não estava lá. E eu havia pensado que nos sentaríamos lado a lado e que, de repente, tudo que me enlouquece se tornaria uma fonte de divertimento com Olivia rindo encantadoramente junto a mim.

Mas ela havia simplesmente abandonado a universidade. Dei-me conta disso no momento em que não a vi na aula de história, o que depois confirmei ao telefonar para seu dormitório e pedir para falar com Olivia. Quem atendeu disse: "Ela foi para casa", em tom cortês, porém de uma forma que me fez pensar que acontecera algo mais do que uma simples ida para casa — algo que ninguém se sentia autorizado a comentar. Quando não telefonei nem procurei entrar em contato com ela, Olivia tentara se suicidar outra vez — é isso que devia ter acontecido. Após ser chamada de "senhorita Hutton" uma dúzia de vezes em vinte minutos por minha mãe, após esperar em vão que eu lhe telefonasse depois de voltar para a universidade e instalar-me na enfermaria, ela fizera exatamente o tipo de coisa sobre a qual minha mãe me alertara. Quer dizer que eu era um sortudo, não é mesmo? Livrei-me de uma namorada suicida, não foi? Sim, e nunca me senti tão devastado.

E se ela não houvesse apenas tentado se matar — suponhamos que tivesse tido êxito? E se dessa vez houvesse cortado os dois pulsos e sangrado até morrer no dormitório, quem sabe até no cemitério onde havíamos estacionado o carro naquela noite? Não somente a universidade faria tudo para manter segredo sobre o fato, mas também sua família faria o mesmo. Desse modo ninguém na Winesburg jamais saberia o que tinha ocorrido, e só eu saberia o porquê. A menos que ela houvesse deixado um bilhete. Então todo mundo poria a culpa de seu suicídio em mim — em minha mãe e em mim.

Tive de caminhar de volta até o Jenkins Hall e descer ao porão para encontrar, em frente à agência de correio, uma cabine telefônica cuja porta pudesse ser fechada inteiramente, a fim de fazer a chamada sem ser ouvido por ninguém. Não havia nenhuma carta dela no correio — foi a primeira coisa que verifiquei após instalar-me na enfermaria com a ajuda de Sonny. Antes de fazer a chamada, verifiquei de novo e encontrei um envelope da universidade que continha uma carta manuscrita do diretor Caudwell:

Caro Marcus,

Estamos todos felizes de tê-lo de volta ao campus e de saber pelo médico que você se encontra em ótima forma. Espero que, agora, reconsidere sua decisão de não jogar beisebol quando chegar a primavera. No ano que vem o time precisará de um homem de base alto e magro, tal como o Marty Marion dos Cardinals, e acho que você pode dar conta do recado. Tenho a impressão de que você é veloz e, como bem sabe, há maneiras de chegar às bases e fazer pontos sem ter de rebater a bola para fora do campo. Uma daquelas batidas em que a bola é simplesmente amortecida pode ser uma das mais lindas jogadas de qualquer esporte. Já troquei uma palavra com o treinador Portzline e ele está ansioso para vê-lo nas sessões de teste do dia 1º de março. Bem-vindo, portanto, à comunidade da Winesburg, agora que você está totalmente renovado. Vejo este momento como seu retorno ao rebanho. Espero que você também esteja pensando assim. Não deixe de dar uma passada pelo escritório caso necessite de minha ajuda.

Atenciosamente,
Hawes D. Caudwell
Diretor de Alunos

Troquei uma nota de cinco dólares em moedas de vinte e cinco centavos no guichê do correio e, fechando a pesada porta de vidro, instalei-me na cabine e arrumei as moedas em pilhas de quatro na prateleira curvada que ficava embaixo do telefone, no qual um certo "G. L." ousara gravar suas iniciais. Imediatamente pensei que punição o G. L. sofrera ao ser apanhado.

Não sabia bem o que esperar e já estava suando em bicas como no escritório do Caudwell. Disquei para o serviço de informações interurbanas e pedi o número do doutor Hutton em Hunting Valley. E havia mesmo um doutor Tyler Hutton lá. Anotei dois números, do consultório e da residência. Não era noite ainda e, tendo me convencido de que Olivia estava morta, decidi chamar o consultório, imaginando que seu pai não estaria trabalhando por causa da morte recente na família; nesse caso, falando com uma recepcionista ou enfermeira, eu poderia ter uma ideia do que havia acontecido. Não queria falar com nenhum de seus pais, com medo que um deles dissesse: "Então você é o próprio, você é o rapaz... o Marcus mencionado na nota que ela deixou ao se suicidar". Depois que o operador interurbano completou a ligação para o consultório e terminei de depositar um monte de moedas na abertura apropriada, eu disse: "Alô, sou amigo da Olivia", mas não soube como continuar. "Aqui é do consultório do doutor Hutton", fui informado por uma mulher do outro lado da linha. "Sim, quero saber como está a Olivia", eu disse. "Aqui é o consultório", ela retrucou antes de desligar.

Andei diretamente, colina abaixo, do pátio principal para os dormitórios das alunas e subi as escadas do Dowland Hall, onde Olivia havia morado e eu a apanhara no LaSalle do Elwyn na noite em que nossa saída selou seu destino. Entrei e dei de cara com a estudante de plantão sentada atrás da escrivaninha que bloqueava o acesso ao andar térreo e à escada. Mostrei a carteira de identidade e pedi que ela telefonasse para o andar de Olivia, avisando-a de que eu estava lá embaixo. Já havia telefonado para o Dowland na quinta-feira, quando Olivia faltou pela segunda vez à aula de história, e pedido para falar com ela. Foi quando me disseram "ela foi para casa". "E volta quando?" "Ela foi para casa." Por isso agora eu tinha vindo perguntar pessoalmente, mas de novo levei um chega pra lá. "Ela foi de vez?", perguntei. A garota de plantão apenas deu de ombros. "Você sabe se ela está bem?" Ela ficou um tempão preparando uma resposta, para no final decidir que ia continuar calada.

Era sexta-feira, 2 de novembro. Eu já tinha saído do hospital havia cinco dias e na segunda-feira deveria voltar a subir os três lances de escada para chegar a meu quarto no Neil Hall, porém me sentia mais fraco do que quando me haviam feito sair da cama e dar os primeiros passos após a cirurgia. Quem eu poderia chamar para confirmar que Olivia estava morta sem que me acusassem de tê-la matado? Será que a notícia do suicídio de uma aluna da Winesburg sairia nos jornais? Será que eu não deveria ir à biblioteca e esmiuçar os jornais de Cleveland para descobrir? A notícia certamente não teria saído no jornal da cidade, o *Winesburg Eagle*, ou no jornal estudantil, o *Owl's Eye*. Você podia se suicidar vinte vezes no campus e isso nunca iria aparecer naquele jornaleco insípido. O que é que eu estava fazendo num lugar como a Winesburg? Por que não estava de volta comendo meu almoço levado num saco de papel ao lado do Spinelli em meio aos bêbados do parque da cidade, jogando na segunda base pela Robert Treat e assistindo aquelas aulas excelentes dadas pelos professores de Nova York? Bastava que meu pai, que Flusser, que Elwyn, que Olivia...!

Corri do Dowland de volta para o Jenkins e, andando às pressas pelo corredor do andar térreo até o escritório do diretor Caudwell, perguntei à secretária se podia vê-lo. Ela me fez esperar na antessala, sentado numa cadeira em frente à sua escrivaninha, até que o diretor terminou de falar com outro estudante. Por acaso, tratava-se do Bert Flusser, que eu não via desde que havia deixado aquele primeiro quarto. Por que estaria com o diretor? Ou, melhor, por que não estaria todos os dias com o diretor? Devia estar em conflito com ele o tempo todo. Devia estar em conflito com *todo mundo* o tempo todo. Provocação, rebelião, censura. Como manter vivo esse drama dia após dia? E quem senão Flusser gostaria de estar continuamente do lado errado, repreendido e julgado, desprezado por suas peculiaridades, odiado por todos e abominavelmente singular? Haveria lugar melhor do que a Winesburg para alguém como Bertram Flusser se deleitar continuamente com uma abundância de rejeição? Aqui, no mundo das pessoas virtuosas, o maldito estava em seu elemento — o que era mais do que se podia dizer de mim.

Sem se importar com a presença da secretária, Flusser falou: "A vomitada... bom trabalho". Dito isso, caminhou em direção à porta do corredor, onde deu meia-volta e sibilou: "Vou me vingar de você e de toda essa corja". Fingindo que não tinha ouvido nada, a secretária apenas se levantou para me levar até a porta do diretor e bateu anunciando: "O senhor Messner".

Ele deu a volta em torno da escrivaninha para apertar minha mão. O mau cheiro que eu deixara atrás de mim tinha sido removido havia muito tempo. Sendo assim, como o Flusser sabia da coisa? Porque todo mundo sabia? Porque a secretária do diretor de alunos cuidara de sair espalhando? Aquela titica de universidade, tão hipócrita, como eu a odiava.

"Você está com boa aparência, Marcus", disse o diretor. "Perdeu uns quilinhos, mas, fora isso, parece muito bem."

"Diretor Caudwell, não sei a quem mais apelar sobre uma coisa que é muito importante para mim. Nunca tive a intenção de vomitar aqui, o senhor sabe."

"Você se sentiu mal, vomitou e isso é tudo. Agora vem se recuperando e muito em breve estará em plena forma de novo. Em que posso ajudá-lo?"

"Estou aqui por causa de uma aluna", comecei. "Ela estava na minha classe de história. E agora foi embora. Quando eu lhe disse que tinha saído com alguém, foi com ela. Olivia Hutton. Agora ela desapareceu. Ninguém me diz para onde nem por quê. Gostaria de saber o que aconteceu com ela. Meu medo é que tenha acontecido alguma coisa terrível com ela. Tenho medo", acrescentei, "de que eu possa ter contribuído para isso."

Você nunca deveria ter dito isso, falei a mim próprio. Vão te expulsar por ter contribuído para um suicídio. Podem até te entregar à polícia. Provavelmente entregaram o G. L. à polícia.

Ainda trazia no bolso a carta do diretor dando-me as boas-vindas à universidade agora que eu estava "renovado". Tinha acabado de pegá-la no correio. Era isso que me atraíra ao seu escritório — por aí se pode ver quão tolamente eu havia sido enganado.

"O que foi que você fez", ele perguntou, "para pensar isso?"

"Saí com ela."

"Aconteceu alguma coisa nessa saída que você queira me contar?"

"Não, senhor." Ele tinha me fisgado simplesmente com uma carta manuscrita. *Uma daquelas batidas em que a bola é simplesmente amortecida pode ser uma das mais lindas jogadas de qualquer esporte. Já troquei uma palavra com o treinador Portzline e ele está ansioso para vê-lo nas sessões de teste...* Não, Caudwell é que estava ansioso para me ver e saber sobre a Olivia. Eu tinha caído como um patinho em sua armadilha.

"Diretor", ele disse em tom afável. "Para você eu sou o 'diretor', por favor."

"A resposta é não, diretor", repeti. "Não aconteceu nada que eu queira lhe contar."

"Tem certeza?"

"Absoluta", e agora, podendo imaginar o teor da nota de suicídio, compreendi como ele havia acabado de me fazer cometer perjúrio. "*Marcus Messner e eu tivemos um contato sexual e ele me abandonou como se eu fosse uma vagabunda. Prefiro morrer a viver com essa vergonha.*"

"Você engravidou aquela moça, Marcus?"

"Ora... *não.*"

"Tem certeza?"

"Certeza absoluta."

"Até onde você sabia, ela não estava grávida."

"Não estava."

"Está dizendo a verdade?"

"Estou!"

"E você não a forçou a fazer nada. Não cometeu nenhuma violência sexual contra Olivia Hutton."

"Não, senhor. Nunca."

"Ela foi visitá-lo no quarto do hospital, não foi?"

"Foi, diretor."

"De acordo com uma pessoa que trabalha no hospital, alguma coisa aconteceu entre vocês dois lá, algo sórdido que foi visto e devidamente registrado. E, apesar disso, você diz que não a forçou a fazer nada em seu quarto."

"Eu tinha acabado de tirar o apêndice, diretor."

"Isso não responde à minha pergunta."

"Nunca usei violência em minha vida, diretor Caudwell. Contra ninguém. Nunca precisei", acrescentei.

"Nunca precisou. Posso perguntar o que isso significa?"

"Não, não, senhor, não pode. Diretor Caudwell, é muito difícil falar sobre isso. Acho que tenho o direito de acreditar que tudo que pode ter ocorrido na privacidade do meu quarto de hospital só interessa à Olivia e a mim."

"Talvez sim, talvez não. Acho que todo mundo concordaria que, se em algum momento o que ocorreu só interessava a vocês dois, esse não é mais o caso diante das circunstâncias. Imagino que você concorda que é por isso que veio me ver."

"Por quê?"

"Porque Olivia já não está mais aqui."

"Onde ela está?"

"Olivia teve um colapso nervoso, Marcus. Precisou ser levada numa ambulância."

Ela, aquela moça linda, levada numa ambulância? Aquela garota abençoada com tamanha inteligência, tamanha beleza, tamanha elegância, tamanho encanto e tamanho humor? Isso era quase pior do que sabê-la morta. A mais talentosa garota da universidade sai numa ambulância por causa de um colapso nervoso enquanto todos os outros alunos estão se avaliando à luz dos ensinamentos bíblicos e se sentindo ótimos!

"Não entendo muito bem o que significa um colapso nervoso", admiti ao diretor Caudwell.

"Você perde o controle de si próprio. Tudo se torna complicado demais e você não resiste, entra em crise de todas as formas possíveis. Tem tanto controle sobre suas emoções quanto uma criancinha, precisa ser hospitalizado e cuidado como se fosse uma criança, até se recuperar. Se é que um dia se recupera. A universidade assumiu um risco no caso de Olivia Hutton. Sabíamos de seus problemas mentais. Sabíamos do tratamento com eletrochoques e da triste história de suas muitas recaídas. Mas seu pai é um cirurgião de Cleveland e ilustre ex-aluno da Winesburg, por isso a recebemos a pedido do doutor Hutton. Não deu certo nem para o doutor Hutton nem para a universidade, e muito menos para a Olivia."

"Mas ela está bem?" E quando fiz a pergunta senti como se eu próprio estivesse prestes a ter um colapso. Por favor, pensei, por favor, diretor Caudwell, tratemos de falar com bom senso sobre a Olivia, e não sobre "muitas recaídas" e "eletrochoques"! E então me dei conta de que era isso que ele estava fazendo.

"Eu lhe disse que a moça teve um colapso nervoso. Não, ela

não está bem. Olivia está grávida. Apesar de seu passado, alguém foi em frente e a engravidou."

"Ah, não", eu disse. "E onde é que ela está?"

"Num hospital especializado em tratamento psiquiátrico."

"Mas não é possível que ela também esteja grávida."

"É possível e está. Alguém se aproveitou de uma jovem indefesa, de uma pessoa profundamente infeliz que há muito tempo sofre de problemas mentais e emocionais, incapaz de se proteger das ameaças que cercam a vida de uma jovem. Alguém que deve muitas explicações."

"Não sou eu."

"O que nos foi relatado sobre sua conduta como paciente no hospital sugere que pode ser, Marcus."

"Não me interessa o que 'sugere'. Não vou ser condenado sem provas. Mais uma vez me sinto magoado com a forma pela qual o senhor me retrata. O senhor distorce meus motivos e desvirtua minhas ações. Não tive relações sexuais com Olivia." Fortemente ruborizado, continuei: "Nunca tive relações sexuais com ninguém. Nenhuma mulher no mundo pode estar grávida de mim. É impossível!".

"Por tudo que sabemos", disse o diretor, "é também difícil de acreditar nisso."

"Ah, vai se foder!" Sim, com beligerância, com raiva, num impulso, e pela segunda vez na Winesburg. Mas eu não ia *permitir* que me condenassem sem provas. Estava farto de ser acusado por todo mundo.

Ele se levantou, não para recuar o braço e me dar um soco como Elwyn, mas para ser visto em toda a majestade de sua posição. Nada se movia senão seus olhos, que esquadrinharam meu rosto como se ele próprio fosse um escândalo moral.

Fui embora e comecei a esperar pela expulsão. Não podia crer que Olivia estivesse grávida, assim como não podia crer que ela tivesse chupado o pau de Cottler ou de qualquer outro aluno da Winesburg com exceção do meu. No entanto, fosse ou não verdade que ela estava grávida — grávida sem me contar; grávida, por assim dizer, da noite para o dia; grávida talvez antes mesmo de chegar à Winesburg; grávida, impossivelmente, como a Virgem Maria deles —, eu próprio havia sido tragado pela insipidez não apenas dos costumes da Universidade de Winesburg, mas da retidão que tiranizava minha vida, a retidão sufocante que, eu estava pronto a concluir, levara Olivia à loucura. Mamãe, não examine a família para conhecer a causa — examine o que o mundo convencional não considera permissível! Olhe para mim, tão pateticamente conformista ao chegar aqui a ponto de não poder confiar numa garota só porque ela chupou meu pau!

Meu quarto. Meu quarto, meu lar, minha caverna de eremita, meu minúsculo refúgio na Winesburg. Quando o alcancei naquela sexta-feira, após uma escalada mais árdua do que imaginara para três lances e meio de escada, encontrei lençóis, cobertas e travesseiros jogados para todo lado, colchão e assoalho forrados com o conteúdo de minhas gavetas, que haviam sido deixadas abertas. Camisetas, cuecas, meias e lenços tinham sido amassados e espalhados pelo gasto chão de madeira juntamente com as camisas e as calças arrancadas dos cabides do diminuto armário embutido na parede de que o quarto dispunha. Vi então, no canto próximo à alta janelinha, um monte de lixo: restos de maçã, cascas de banana, garrafas de Coca, caixas de biscoito, papéis de bala, vidros de geleia, sanduíches parcialmente comidos e pedaços de pão de fôrma lambuzados com o que à primeira vista me pareceu merda, mas, misericordiosamente, era somente pasta de amendoim. Um camundongo pôs a cara para fora do monte de lixo e, num piscar de olhos, desapareceu debaixo da cama. E então mais um camundongo. E um terceiro.

Olivia. Num acesso de raiva com minha mãe e comigo, Olivia viera bagunçar e sujar meu quarto antes de se suicidar. Horrorizou-me a ideia de que, enlouquecida de ódio, ela pudesse ter finalizado aquele tumulto lunático cortando os pulsos ali mesmo na minha cama.

Pairava no quarto um cheiro de comida podre e outro,

igualmente forte, que não consegui identificar de imediato, tão pasmo fiquei com o que estava vendo e imaginando. Bem aos meus pés havia uma única meia do avesso. Apanhei-a do chão e a aproximei do nariz. Amassada e endurecida, a meia não cheirava a chulé, mas a esperma ressequido. Tudo que passei a pegar do chão e trazer ao nariz tinha o mesmo cheiro. Tudo tinha sido impregnado de esperma. As roupas no valor de cem dólares que eu comprara na loja universitária só tinham sido poupadas porque eu as estava usando quando fui para a enfermaria com apendicite.

Enquanto permaneci no hospital, alguém, acampado no meu quarto, se masturbara noite e dia para ejacular em quase todas as peças de vestuário que eu possuía. E obviamente não tinha sido Olivia. Foi Flusser. Tinha de ser Flusser. *Vou me vingar de você e de toda essa corja.* E, com aquela bacanália de uma só pessoa, ele se vingara de mim.

De repente comecei a sentir ânsias de vômito — tanto por causa do choque quanto dos cheiros — e fui até a porta para perguntar em voz alta ao corredor vazio que mal eu tinha feito ao Bertram Flusser capaz de justificar o cruel vandalismo dirigido às minhas posses tão insignificantes. Em vão tentei compreender a satisfação que ele tivera em aviltar tudo que era meu. Caudwell estava num extremo e Flusser em outro; minha mãe num extremo e meu pai em outro; a linda e brincalhona Olivia num extremo e a destroçada Olivia em outro. E, no meio deles, eu, impertinentemente me defendendo com tolos vai se foder.

Sonny Cottler explicou tudo quando veio me buscar em seu carro e eu o fiz subir para ver o quarto. Ao meu lado, no umbral da porta, Sonny disse: "Ele te ama, Marcus. Esses são os sinais do amor dele". "O lixo também?" "Especialmente o lixo", disse Sonny. "O John Barrymore da Winesburg se apaixonou." "Isso é verdade? O Flusser é veado?" "Louco de pedra e bicha louca. Você tinha que ver ele usando aquelas calças de cetim presas na altura do joelho na peça *School for Scandal*. No palco, o Flusser é hilário — mímica perfeita, um grande ator cômico. Fora do palco, Flusser é louco de pedra. Fora do palco, Flusser é uma gárgula. Há pessoas que são gárgulas, Marcus, e você agora encontrou uma." "Mas isso não é amor, é absurdo." "Muito do amor é absurdo", disse Cottler. "Ele está te provando como é potente." "Não", eu disse, "se é alguma coisa, é ódio. É antagonismo. Flusser transformou meu quarto numa lixeira porque me odeia. E o que é que eu fiz? Quebrei a porra do disco com que ele me mantinha acordado a noite toda! Só que isso aconteceu muitas semanas atrás, quando eu havia acabado de chegar aqui. E comprei um disco novo — saí no dia seguinte e o substituí! Ele fazer uma coisa assim tão grande, tão devastadora e tão repugnante, eu ficar entalado na garganta dele por tanto tempo — isso é um absurdo. Era de imaginar que nem se importasse comigo — e, em vez disso, esse ataque, essa disputa, esse ódio! E agora? O que vem em seguida? Como posso continuar vivendo aqui?" "Agora não pode. Vamos arrumar um canto para você dormir hoje à noite na casa da fraternidade. E posso te emprestar umas roupas." "Mas olhe para este lugar, *cheire* este lugar! Ele quer que eu *chafurde* nesta merda! Meu Deus, agora vou ter que falar com o diretor, não é? Preciso relatar essa vingança, não preciso?" "Ao diretor? Ao Caudwell? Não te aconselharia. Flusser não vai ficar quietinho, Marcus, se você o denunciar. Fale com o diretor e ele vai dizer ao Caudwell que você é o homem da vida dele. Fale com o diretor e ele vai dizer ao Caudwell que vocês tiveram uma briga de amantes. Flusser é o nosso abominável boêmio. Verdade, até a Winesburg tem um. Ninguém consegue controlar Bertram Flusser. Se expulsarem o Flusser por causa disso, ele leva você junto — isso eu garanto. A *última* coisa a fazer é ir ao diretor. Olhe, primeiro uma apendicite te derruba, depois todas as suas coisas são emporcalhadas pelo Flusser — evidente que você não consegue pensar direito." "Sonny, não posso me dar ao luxo de ser expulso da universidade!" "Mas você não fez nada", ele disse, fechando a porta do meu quarto fedorento. "Alguma coisa foi feita a você."

Porém eu e minha animosidade obviamente tínhamos feito muito depois que Caudwell me responsabilizou pela gravidez de Olivia.

* * *

Como eu não gostava do Cottler e não confiava nele, percebi que estava cometendo mais um erro no momento em que pisei em seu carro para aceitar a oferta da cama e de algumas roupas. Ele era volúvel, era convencido, considerava-se superior não apenas ao Caudwell mas provavelmente a mim também. Nascido num subúrbio de judeus ricos de Cleveland, com longos cílios negros e uma covinha no queixo, jogando havia dois anos no time de basquete da universidade e, apesar de judeu, presidente pelo segundo ano consecutivo do Conselho da Associação das Fraternidades — com um pai que não era açougueiro, e sim o dono de sua própria firma de seguros, e com uma mãe que também não era açougueira, e sim a rica herdeira de uma loja de departamentos em Cleveland —, Sonny Cottler era simplesmente gostosão demais para mim, cheio de si demais para mim, rápido e inteligente à sua maneira, mas no todo um sujeito exemplarmente superficial. O melhor que eu podia fazer era dar no pé da Winesburg e voltar para New Jersey. Embora já tivesse transcorrido um terço do semestre, eu tentaria ser readmitido na Robert Treat antes que o Exército me abocanhasse. Deixar para trás os Flussers, os Cottlers e os Caudwells, deixar para trás Olivia, e rumar para casa de trem amanhã, para a casa onde eu só teria de lidar com um açougueiro tresvairado, já que o resto seria a provinciana Newark, onde se trabalhava duro e imperava a corrupção, a semixenófoba Newark onde se misturavam irlandeses, italianos, alemães, eslavos, judeus e negros.

No entanto, como eu estava fora de mim, fui em vez disso para a casa da fraternidade, onde Sonny me apresentou a Marty Ziegler, um dos membros da fraternidade, um rapaz de fala mansa que parecia não ter precisado ainda fazer a barba, um terceiranista de Dayton que idolatrava Sonny, que faria qualquer coisa que Sonny pedisse, o seguidor nato de um líder nato. Na intimidade do quarto de Sonny, ele concordou imediatamente, por um dólar e cinquenta centavos por sessão, em me substituir na igreja — assinando meu nome no cartão de presença, entregando-o na porta ao sair e não falando com ninguém sobre o arranjo, nem enquanto estivesse fazendo a coisa nem depois de completado o trabalho. Ele exibia o sorriso confiante de alguém possuído pelo desejo de ser visto como inofensivo por todo mundo, parecendo tão ansioso para me agradar quanto para agradar o Sonny.

Esse Ziegler era um erro, eu tinha certeza — o erro final. Não o malevolente Flusser, o misantropo, mas o gentil Ziegler — ele era o destino que agora se avolumava sobre mim. Eu me sentia estupefato com o que estava fazendo. Nunca tendo sido um seguidor, nato ou criado, lá estava eu cedendo ao líder nato após um dia de cão, exausto e abobalhado demais para reagir.

"Agora", disse Sonny depois que meu substituto recém-contratado deixou o quarto, "o problema do serviço na igreja está resolvido. Não foi simples?"

Assim falou o autoconfiante Sonny, embora já naquele instante eu soubesse sem a menor dúvida, com a certeza de quem tinha um pai dominado pelo medo, que aquele rapaz judeu sobrenaturalmente bonito, com o porte principesco de um ser privilegiado, acostumado a inspirar respeito, ser obedecido e insinuar-se junto a todo mundo, que jamais brigava com ninguém e atraía a admiração de todos, acostumado a ser o maioral no seu pequeno mundo das fraternidades, provaria ser o anjo da morte.

Já nevava muito enquanto Sonny e eu estávamos em meu quarto no Neil Hall, mas, ao chegarmos à casa da fraternidade, a velocidade do vento subira para mais de sessenta quilômetros por hora. Semanas antes do Dia de Ação de Graças, a grande nevasca de 51 começou a cobrir os condados do norte do estado, assim como os vizinhos Michigan e Indiana, alcançando depois a parte oriental da Pensilvânia, ao norte do estado de Nova York e por fim a quase toda a Nova Inglaterra antes de se perder no mar. Às nove da noite, uns sessenta centímetros de neve haviam caído, porém continuava a nevar, a nevar magicamente, agora sem que o vento uivasse ao longo das ruas de Winesburg, sem que as velhas árvores da cidade balançassem e estalassem enquanto os galhos mais fracos, açoitados pelo vento e sobrecarregados pela neve, desabassem nos quintais e bloqueassem as ruas e as entradas de garagem. Agora sem um único murmúrio do vento ou das árvores, somente os flocos irregulares caíam sem cessar como se tencionassem enterrar tudo que estivesse fora de ordem nas regiões setentrionais de Ohio.

Pouco depois das nove, ouvimos a zoeira. Vinha lá do campus, a uns oitocentos metros subindo a Buckeye Street, a partir da casa da fraternidade judia onde eu jantara e recebera uma cama estreita e um armário para meu uso exclusivo, bem como algumas roupas recém-lavadas do Sonny, tornando-me assim o companheiro de quarto do grande líder por uma noite ou mais, se assim quisesse. O barulho era como o de uma multidão comemorando um gol num jogo de futebol, só que contínuo. Como a algazarra de uma multidão quando seu time vence o campeonato. Como o alarido que sobe de uma nação vitoriosa ao fim de uma guerra duramente combatida.

Tudo começou numa escala bem pequena e da forma mais inocente e juvenil: com uma guerra de bolas de neve no gramado em frente ao Jenkins entre quatro alunos do primeiro ano vindos de pequenas cidades de Ohio, garotões simples, criados num ambiente rural, que haviam saído correndo de seu quarto no dormitório para brincar na primeira tempestade de neve do primeiro semestre de outono que passavam na universidade. No início, se juntaram a eles apenas outros alunos vindos do Jenkins, mas, quando os residentes dos dois dormitórios perpendiculares ao Jenkins viram de suas janelas o que estava acontecendo lá embaixo, começaram a sair aos magotes do Neil e depois do Waterford. Muito em breve uma animada batalha de bolas de neve estava sendo conduzida por dezenas de rapazes hiperativos e felizes vestindo macacões e camisetas, roupas de ginástica, pijamas e, em alguns casos, só as cuecas. Passada uma hora, estavam atirando uns contra os outros não apenas bolas de neve, mas também latas de cerveja cujo conteúdo haviam derramado goela abaixo enquanto lutavam. Havia nódoas de sangue na neve limpa onde alguns deles tinham sido atingidos por mísseis variados, que agora incluíam livros, cestas de lixo, lápis, apontadores e tinteiros sem tampa. A tinta, jogada bem longe, salpicava de azul-escuro a neve que brilhava na luz dos antigos lampiões a gás, agora eletrificados, que adornavam os caminhos. Mas os ferimentos em nada diluíram o ardor dos combatentes. A visão de seu próprio sangue na neve branca talvez tenha até gerado a centelha que os transformou de crianças brincalhonas que se divertiam estouvadamente com uma nevasca fora de época num exército ululante de rebeldes cuja frivolidade barulhenta, por incitação de um pequeno grupo de alunos indisciplinados, converteu-se numa arruaça abominável. Com a explosão de tudo que havia de indomado dentro deles (apesar do comparecimento regular à igreja), desceram a colina dando cambalhotas, rolando ou escorregando pela neve alta para iniciar uma noitada estupenda que ninguém daquela geração de alunos jamais esqueceu, no que o *Winesburg Eagle*, num editorial carregado de emoção e que exprimia a repulsa indignada da comunidade, chamou no dia seguinte de "O Grande Ataque às Calcinhas Brancas da Universidade de Winesburg".

Eles invadiram as três residências das garotas — Dowland, Koons e Fleming —, avançando sobre a neve acumulada nos caminhos e escadas até chegar às portas já fechadas para a noite, as quais tiveram os vidros quebrados para que eles alcançassem as trancas, ou foram simplesmente derrubadas a golpes de mãos, pés e ombros, conspurcando com neve e lama as entradas proibidas dos dormitórios. Sem nenhuma dificuldade, jogaram para o lado as escrivaninhas que bloqueavam o acesso às escadas e se espalharam pelos vários andares, penetrando nos quartos das garotas. Enquanto elas corriam de um lado para o outro buscando um lugar para se esconder, os invasores abriam gavetas atrás de gavetas e saqueavam todos os armários para encontrar calcinhas brancas e atirá-las pelas janelas na direção do gramado agora coberto por uma pitoresca camada branca. A essa altura, várias centenas de membros das fraternidades, que haviam conseguido sair de suas casas fora do campus e enfrentaram os montes de neve acumulados na Buckeye Street para chegar às residências femininas, lá estavam reunidos regalando-se com aquela baderna que ia de encontro a todos os princípios winesburguianos.

"Calcinhas! Calcinhas! Calcinhas!" A palavra, ainda tão inflamatória para eles como estudantes universitários quanto havia sido no começo da puberdade, era entoada lá embaixo num coro exultante. Nos quartos das garotas, dezenas de rapazes bêbados — com as roupas, as mãos, os cabelos à escovinha e os rostos cobertos de sangue rubro e tinta azul-escura, pingando cerveja e neve derretida — reencenavam em massa o que um inspirado Flusser fizera sozinho em meu pequeno quarto sob os beirais do Neil Hall. De todos os invasores, apenas os três mais idiotas (dois do primeiro ano e um do segundo, que encabeçaram a lista de expulsos no dia seguinte) se masturbaram utilizando as calcinhas roubadas e ejacularam em poucos segundos, atirando depois as peças defloradas, úmidas e cheirando a esperma para os braços erguidos dos alegres veteranos, que, com os rostos afogueados e neve no topo da cabeça, expeliam vapor como dragões e os incitavam lá de baixo.

Vez por outra, uma voz masculina profunda, articulando o pensamento de todos aqueles que não eram mais capazes de obedecer ao sistema prevalecente de disciplina moral, urrava abertamente a verdade: "Queremos as garotas!", mas, de modo geral, era uma turba pronta a se satisfazer com as calcinhas, que muitos deles logo passaram a usar como gorros ou a enfiar por cima das galochas para exibirem a peça íntima do sexo oposto sobre as calças, como se a tivessem vestido na ordem errada. Entre a miríade de objetos que caíram das janelas naquela noite, contavam-se sutiãs, cintas, toalhas higiênicas, tubos de unguento, batons, combinações, anáguas, camisolas, algumas bolsas, cédulas de dinheiro e uma coleção de chapéus finamente adornados. Enquanto isso, no gramado, uma grande mulher de neve, com fartos seios, tinha sido moldada e vestida com peças de *lingerie*. Na boca pintada com batom, fora airosamente plantado um tampão fazendo as vezes de um charuto branco, enquanto um belo gorro cobria a cabeleira feita com um punhado de notas de dólar molhadas.

Provavelmente nada disso teria ocorrido se os policiais houvessem podido chegar ao campus antes que a inócua guerra de bolas de neve em frente ao Jenkins começasse a degringolar. Mas, como as ruas de Winesburg e os caminhos da universidade só poderiam ser desobstruídos depois de terminada a nevasca, os tripulantes dos três carros de polícia da cidade e os guardas nos dois carros de segurança do campus tiveram de avançar a pé. E, quando chegaram às residências femininas, a desordem já se tornara incontrolável.

Foi necessária a presença do diretor Caudwell para impedir que acontecesse algum abuso ainda mais grotesco — o diretor Caudwell, com seu um metro e noventa e três na entrada do Dowland Hall, vestindo casacão e cachecol e dizendo através do megafone que empunhava com a mão sem luva: "Alunos da Winesburg! Alunos da Winesburg, voltem a seus quartos! Voltem imediatamente ou serão expulsos!". Foi necessária essa advertência terrível do diretor mais antigo e mais reverenciado (e o fato de estarem sendo recrutados aos montes homens entre dezoito anos e meio e vinte anos que não cursassem uma universidade) para começar a dispersar aquela multidão esfuziante de alunos que havia se aglomerado no gramado das garotas, fazendo-os rumar com a maior rapidez possível para os lugares de onde tinham vindo. Quanto aos que ainda rebuscavam as gavetas nos dormitórios femininos, só quando os policiais da cidade e do campus entraram nos edifícios e começaram a caçá-los de quarto em quarto as últimas calcinhas pararam de cair das janelas — todas ainda abertas de par em par malgrado uma temperatura noturna de sete graus abaixo de zero. E só então também os próprios invasores começaram a pular das janelas dos andares inferiores do Dowland, do Koons e do Fleming sobre os colchões de neve acumulados lá embaixo. Os que não quebraram uma perna ou um braço tentando escapar — tal como ocorreu com dois deles — dispararam colina acima.

Mais tarde, naquela noite, Elwyn morreu. Sendo quem era, ele nada teve a ver com o ataque às calcinhas, porém, segundo o testemunho de meia dúzia de colegas seus de fraternidade, após terminar os estudos Elwyn havia passado o resto da noite atrás da casa, acampado no La Salle. Com o motor ligado para mantê-lo aquecido, saía apenas para varrer a neve que se acumulava rapidamente no teto, no capô e no porta-malas e jogá-la com a pá para longe das quatro rodas a fim de instalar nos pneus um conjunto novo em folha de correntes de inverno. Por amor à aventura automobilística, ele decidiu fazer um teste para ver como o potente Touring Sedan de 1940 (com quatro portas, distância maior entre os eixos, carburador incrementado e 130 CV — o último daqueles prestigiosos veículos produzido pela GM a levar o nome do explorador francês) se comportaria na neve acumulada nas ruas de Winesburg. No centro da cidade, onde os trilhos da estrada de ferro haviam sido mantidos limpos durante toda a nevada pelo chefe da estação e seu assistente, Elwyn aparentemente tentou chegar à frente do cargueiro da meia-noite na passagem de nível que separa a Main Street da Lower Main. Descontrolando-se numa derrapagem, o LaSalle girou duas vezes nos trilhos e foi apanhado de frente pelo limpa-neve da locomotiva, que vinha do Leste para Akron. O carro no qual eu levara Olivia para jantar e depois para o cemitério — um veículo histórico, se não um monumento na história do advento do felácio no campus da Winesburg durante a segunda metade do século XX — saiu capotando pela Lower Main até explodir em chamas. Ao que tudo indica, Elwyn Ayers Jr. morreu no momento da colisão, sendo cremado em poucos minutos nos destroços do carro a que dedicara mais cuidado do que a qualquer outra coisa na vida, amando-o mais do que a qualquer homem ou mulher.

Na verdade, Elwyn não foi o primeiro nem mesmo o segundo, e sim o terceiro aluno do último ano da Winesburg que, desde a incorporação do automóvel à vida norte-americana, deixou de se diplomar por perder a corrida contra o cargueiro da meia-noite. No entanto, tendo encarado a pesada queda de neve como um desafio digno dele e do LaSalle, meu ex-companheiro de quarto, tal como eu, entrou para o reino da recordação eterna em vez de entrar para o negócio de rebocadores, e aqui terá todo o tempo para pensar como era divertido guiar aquele carrão. No olho da minha mente fico imaginando o momento do impacto, quando a cabeça em forma de abóbora de Elwyn se chocou contra o para-brisa e, como uma genuína abóbora, se espatifou numa centena de polpudos pedaços de carne, osso, cérebro e sangue. Havíamos dormido no mesmo quarto e estudado juntos — e agora ele estava morto aos vinte e um anos. Ele tinha chamado Olivia de puta — e agora estava morto aos vinte e um anos. Ao saber do acidente fatal de Elwyn, meu primeiro pensamento foi que eu nunca teria me mudado se soubesse que ele ia morrer. Até então, meus dois primos mais velhos eram as únicas pessoas conhecidas minhas que haviam morrido. Elwyn era a primeira pessoa a morrer que eu odiava. Será que agora deveria parar de odiá-lo e lamentar sua morte? Será que agora deveria começar a fingir que estava condoído de sabê-lo morto e horrorizado por ouvir como morrera? Será que deveria assumir uma expressão tristonha e comparecer ao serviço fúnebre que seria realizado na casa de sua fraternidade, manifestando pêsames a seus colegas, muitos dos quais eu conhecia como bêbados que assoviavam ao me chamarem para servi-los na hospedaria, enfiando os dedos na boca e gritando algo que soava suspeitosamente como "judeu"? Ou deveria providenciar meu retorno ao quarto do Jenkins Hall antes que fosse cedido a outra pessoa?

"Elwyn!, eu grito. "Elwyn, você pode me ouvir? É o Messner! Também estou morto!"

Nenhuma resposta. Não, não há companheiros de quarto aqui. Mas ele não teria mesmo respondido, aquele babaca silencioso, violento, incapaz de sorrir. Elwyn Ayers, na morte como na vida ainda impenetrável para mim.

"Mamãe!", grito a seguir. "Mamãe, você está aqui? Papai, você está aqui? Mamãe? Papai? Olivia? Algum de vocês está aqui? Olivia, você morreu? Me responda! Você foi a única dádiva que Winesburg me concedeu. Quem te engravidou, Olivia? Ou você finalmente acabou com a sua vida, minha garota encantadora e irresistível?"

Mas aqui não se tem ninguém para conversar; só comigo mesmo posso falar de minha inocência, minhas explosões, minha franqueza e a extrema brevidade do êxtase que senti em meu primeiro ano como homem adulto que também foi o último da minha vida. A ânsia de ser ouvido, e ninguém para me ouvir! Estou morto. A frase impronunciável pronunciada.

"Mamãe! Papai! Olivia! Estou pensando em vocês!"

Nenhuma resposta. Não suscitar nenhuma resposta apesar de ser tão dolorosa a tentativa de desemaranhar as coisas e revelar-me. Ausentes todas as mentes com exceção da minha. Nenhuma resposta. Profundamente triste.

Na manhã seguinte, a edição de sábado do *Winesburg Eagle* trouxe um caderno especial dedicado exclusivamente a tudo que a nevasca provocara na universidade, e noticiou que Elwyn Ayers Jr., da classe de 52, única fatalidade da noite, tinha sido de fato o estopim do ataque às calcinhas e desrespeitara os sinais vermelhos piscando na passagem de nível para não ser apanhado pelos policiais — uma história ignóbil e totalmente inverídica que foi desmentida no dia seguinte, embora não antes de aparecer na primeira página do jornal de sua cidade natal, o *Cincinnati Enquirer.*

Também naquela manhã, às sete em ponto, começou o ajuste de contas no campus. Cada aluno que admitiu haver participado do ataque às calcinhas recebeu uma pá de neve — cujo custo foi adicionado às taxas de moradia do semestre — e se viu forçado a participar de equipes de limpeza encarregadas de remover das ruas e caminhos do campus noventa centímetros de neve depositados pela tempestade, que o vento em certos locais acumulara em montes de quase dois metros de altura. Cada equipe era supervisionada por um aluno do último ano pertencente aos times da universidade e toda a atividade controlada pelos professores de educação física. Ao mesmo tempo, no escritório de Caudwell os interrogatórios se sucederam o dia todo. Ao cair da noite, onze alunos — nove do primeiro ano e dois do segundo — haviam sido identificados como líderes. Tendo lhes sido negada a possibilidade de obter perdão fazendo penitência numa equipe de remoção de neve ou de serem suspensos por um semestre (o que suas famílias esperavam ser o maior preço a pagar por algo que, segundo elas, não passara de uma travessura estudantil), foram todos expulsos da universidade. Entre eles estavam os dois que, tendo fraturado um membro ao pular dos edifícios-dormitórios, se apresentaram perante o diretor com os gessos ainda bem branquinhos e, conforme se soube depois, com lágrimas nos olhos e profusas desculpas jorrando dos lábios. Mas imploraram em vão por tolerância, para nem falar em compaixão. Como para Caudwell eles eram apenas os dois últimos ratos a escapar do navio, foram mandados para a rua sem dó. E foram também sumariamente expulsos todos aqueles que, chamados ao escritório do diretor, negaram ter participado do ataque às calcinhas para serem depois apanhados na mentira, com o que chegou a dezoito o total dos atingidos antes que terminasse o fim de semana. "Você não pode me enganar", dizia o diretor Caudwell aos que vinham a sua presença, "e não vai me enganar." E tinha razão: ninguém o enganou. Nem um. No final, nem mesmo eu.

Na noite de domingo, depois do jantar, todos os alunos da Winesburg foram reunidos no auditório do Edifício Williamson para ouvirem uma palestra do presidente Albin Lentz. Foi através do Sonny, quando subíamos a pé naquela noite para o auditório — uma vez que todos os carros dos estudantes haviam sido impedidos de circular enquanto as ruas da cidadezinha continuassem cobertas de neve —, que eu soube da carreira política do Lentz e da especulação local acerca de suas aspirações. Ele fora eleito duas vezes governador do estado vizinho de West Virginia, onde adquiriu a reputação de ser um político duro, que não admitia greves de trabalhadores, antes de servir como subsecretário do Ministério da Guerra durante a Segunda Guerra Mundial. Após perder a eleição para senador daquele estado em 1948, havia sido convidado a presidir a Winesburg por companheiros de negócios que participavam do conselho de curadores da universidade. Chegou ao campus com o propósito de transformar aquela bonita porém pequena instituição do centro-norte de Ohio no que, em seu discurso de posse, caracterizou como "um caldo de cultura para a retidão ética, o patriotismo e os elevados padrões de conduta pessoal que serão exigidos de todos os jovens deste país a fim de vencermos a batalha planetária pela supremacia moral em que temos como adversário o ímpio comunismo soviético". Havia quem acreditasse que Lentz aceitara a presidência da Winesburg, para a qual certamente não tinha qualificações como educador, porque lhe serviria de trampolim para se eleger governador de Ohio em 1952. Caso tivesse êxito, tornar-se-ia a primeira pessoa na história do país a governar dois estados — ambos com grandes setores industriais —, habilitando-se a disputar a indicação do Partido Republicano como candidato a presidente em 1956, por ser o único capaz de desafiar o tradicional controle do Partido Democrata sobre a classe trabalhadora. Entre os estudantes, é óbvio, Lentz praticamente não era conhecido por seu passado político, e sim pelo marcante sotaque nasal, típico dos habitantes do interior da região (ele era o filho de um mineiro pobre do condado de Logan, em West Virginia), o qual penetrava em sua oratória como um prego que, em seguida, vinha atingir o ouvinte. Era conhecido por não medir as palavras e por fumar charutos sem cessar, uma predileção que lhe fizera ganhar a alcunha no campus de "o Todo-Poderoso Bafo de Tigre".

Postado não atrás do púlpito como um professor dando aula, mas solidamente à frente, com as pernas curtas um pouco afastadas, ele começou num funesto tom interrogativo. Não havia nada ameno naquele homem: ele *tinha* de ser ouvido. Ele não aspirava apresentar-se como uma figura sobranceira, como era o caso do diretor Caudwell, e sim amedrontar a plateia com uma rudeza sem limites. Sua vaidade era uma força muito diferente da exibida pelo diretor — e não havia nela nenhuma falta de inteligência. Sem dúvida, ele concordava com o diretor em que nada era mais sério na vida do que as regras, porém seus sentimentos básicos de condenação eram transmitidos sem o menor disfarce (malgrado os ocasionais adornos retóricos). Nunca antes eu vira um tamanho sentimento de choque e solenidade — além de concentração total — emanar de uma congregação de alunos da Winesburg. Não se poderia imaginar que algum dos presentes, mesmo em pensamento, ousasse gritar: "Isso é uma vergonha! Isso não é justo!". O presidente poderia ter descido para o auditório e devastado os estudantes com um porrete sem incitar nenhuma luta ou provocar a menor resistência. Era como se nós já tivéssemos recebido as porretadas — e, por todas as violações cometidas, aceitávamos a surra com prazer antes mesmo que começasse.

Provavelmente, o único estudante que deixara de atender à convocação, caracterizada como compulsória, foi aquele sinistro espírito livre, o malevolente Bert Flusser.

"Será que alguém aqui", começou o presidente Lentz, "sabe por acaso o que aconteceu na Coreia no dia em que todos vocês machões decidiram aviltar e enxovalhar o nome de uma ilustre instituição de ensino superior cujas origens remontam à Igreja Batista? Naquele dia, os negociadores das Nações Unidas e do lado comunista firmaram um acordo provisório com respeito a uma linha de trégua na frente oriental daquele país em guerra. Suponho que vocês saibam o que significa "provisório". Significa que um combate tão bárbaro quanto os que temos visto na Coreia — tão bárbaro quanto qualquer força norte-americana enfrentou em qualquer guerra em qualquer momento de nossa história —, esse mesmo tipo de combate pode eclodir a qualquer hora do dia ou da noite e roubar a vida de muitos outros milhares de jovens norte-americanos. Será que algum de vocês sabe o que ocorreu na Coreia algumas semanas atrás, entre o sábado 13 de outubro e a sexta-feira 19 de outubro? Sei que vocês sabem o que aconteceu aqui nesses dias. No sábado, dia 13, nosso time de futebol deu uma surra em nosso rival tradicional, a Bowling Green, por 41 a 14. No sábado seguinte, dia 20, ganhamos de surpresa da universidade onde me formei, a West Virginia, numa partida emocionante, que nos levou, apesar de grandes azarões, a uma vitória de 21 a 20. Que partida jogou a Winesburg! Mas vocês sabem o que aconteceu na Coreia naquela mesma semana? A Primeira Divisão de Cavalaria, a Terceira Divisão de Infantaria e a minha velha unidade na Primeira Guerra, a Vigésima Quinta Divisão de Infantaria, juntamente com nossos aliados britânicos e da República da Coreia, fizeram um pequeno avanço na área Old Baldy. Um pequeno avanço que teve o custo de quatro mil baixas. Quatro mil jovens como vocês, mortos, mutilados e feridos entre a hora em que derrotamos a Bowling Green e a hora em que surpreendemos a UWV. Vocês têm alguma ideia de quão afortunados, quão privilegiados e quão sortudos vocês são por estarem aqui vendo jogos de futebol aos sábados e não lá, sendo alvo de tiros nos sábados, e depois nas segundas, nas terças, nas quartas, nas quintas, nas sextas e até nos domingos? Quando comparados os sacrifícios que estão sendo feitos nesta guerra brutal por jovens norte-americanos da idade de vocês em resposta à agressão das forças comunistas norte-coreanas e chinesas — quando comparado a isso, vocês têm ideia de quão juvenil, estúpido e idiota o comportamento de vocês parece aos cidadãos de Winesburg, aos cidadãos de Ohio e aos cidadãos dos Estados Unidos da América, que tomaram conhecimento através dos jornais e da televisão dos eventos vergonhosos da noite de sexta-feira? Digam-me, vocês pensam que estavam sendo guerreiros heroicos ao invadir os dormitórios de nossas alunas e quase as matarem de medo? Pensam que estavam sendo guerreiros heroicos ao violar a privacidade dos quartos delas e meterem as mãos em seus objetos pessoais? Pensam que estavam sendo guerreiros heroicos ao tomar e destruir bens que não eram seus? E aqueles de vocês que os incentivaram, que não levantaram um dedo para impedi-los, que exultaram com a coragem máscula deles, o que dizer da coragem máscula de *vocês*? Como ela vai lhes servir quando mil soldados chineses os atacarem em suas trincheiras aos berros, em enxames, se essas negociações na Coreia fracassarem? Como eles o farão, posso lhes garantir, com as cornetas soando e as baionetas desembainhadas! O que devo fazer com meninos como vocês? Onde estão os adultos entre vocês? Será que nem um único de vocês pensou em *defender* as moradoras do Dowland, do Koons e do Fleming? Eu teria esperado que cem de vocês, duzentos de vocês, trezentos de vocês abafassem aquela insurreição infantil! Por que não o fizeram? Respondam-me! Onde está a coragem de vocês? Onde está a honra de vocês? *Nem um só de vocês exibiu uma pitada de honra! Nem um único!* Vou lhes dizer uma coisa agora que nunca pensei que fosse ter de dizer: eu hoje tenho vergonha de ser presidente desta universidade. Estou envergonhado, estou enojado, estou enraivecido. Não quero que paire a menor dúvida sobre a minha raiva. E não vou parar de sentir raiva por muito tempo, isso eu posso lhes assegurar. Fui informado que quarenta e oito de nossas alunas — o que significa quase dez por cento do total —, quarenta e oito já deixaram o campus na companhia de seus pais, profundamente chocados e abalados, e não sei ainda se elas voltarão. O que depreendo das chamadas telefônicas que venho recebendo de outras famílias preocupadas — e os telefones em meu escritório e em minha casa não pararam de tocar desde a meia-noite de sexta-feira — é que um número muito maior de nossas estudantes está considerando a hipótese de ficar fora da universidade durante o resto do ano ou se transferir definitivamente da Winesburg. Não posso dizer que as culpo por isso. Não posso dizer que esperaria que uma filha minha permanecesse leal a uma instituição de ensino onde foi exposta não apenas a indignidades, humilhação e medo, mas a uma ameaça genuína de dano físico por um exército de vagabundos que aparentemente acreditavam estar se emancipando. Porque isso é tudo que vocês são a meu juízo, tanto aqueles que participaram como os que nada fizeram para contê-los — um bando ingrato, irresponsável e infantil de vagabundos vis e covardes. Uma turba de crianças desobedientes. Bebezinhos de fraldas descontrolados. Ah, e uma última coisa. Será que algum de vocês sabe por acaso quantas bombas atômicas os soviéticos explodiram até agora no ano de 1951? A resposta é duas. Isso perfaz um total de três bombas atômicas testadas com êxito por nossos inimigos comunistas na União Soviética desde que descobriram o segredo de produzir uma explosão atômica. Nós, como nação, estamos confrontados com a distinta possibilidade de uma impensável guerra atômica com a União Soviética, enquanto os machões da Universidade Winesburg conduzem bravos ataques contra as gavetas de suas jovens e inocentes colegas. Mais além de seus dormitórios há um mundo pegando fogo e vocês se aquecem com roupas de baixo. Mais além de suas fraternidades a História se desenrola a cada dia — guerras, bombardeios, carnificinas em massa, e vocês desconhecem tudo isso. Bem, não desconhecerão por muito tempo! Vocês podem ser tão ignorantes quanto queiram, podem até fazer demonstrações, como fizeram aqui na noite de sexta-feira, de um desejo apaixonado de *serem* ignorantes, mas a História vai apanhá-los no final. Porque a História não é o pano de fundo — a História é o palco! E vocês *estão* no palco! Ah, como é asquerosa a ignorância que vocês têm de seu próprio tempo! E o mais repugnante de tudo é que vocês estão aqui justamente para superar essa ignorância. Afinal de contas, a que tipo de tempo histórico vocês pensam que pertencem? Vocês podem responder? Vocês *sabem* responder? Tenho uma longa trajetória profissional na guerra da política, um republicano centrista lutando contra fanáticos da esquerda e fanáticos da direita. Mas para mim, na noite de hoje, esses fanáticos nada são quando comparados a vocês na sua busca bestial de uma diversão insensata. 'Vamos endoidar, vamos nos divertir! Que tal o canibalismo na próxima?!' Bem, não aqui, senhores, não será dentro destas paredes cobertas de hera que as delícias do mau comportamento intencional passarão despercebidas por aqueles que têm a responsabilidade, perante esta instituição, de sustentar os ideais e os valores que vocês conspurcaram. Não se pode permitir que isso ocorra, e não se *permitirá* que ocorra! A conduta humana pode ser regulada, e *será* regulada! A insurreição acabou. A rebelião foi dominada. A partir desta noite, tudo e todos serão repostos em seus devidos lugares e a ordem restaurada na Winesburg. E a decência restabelecida. E agora vocês machões desinibidos podem se levantar e sumir da minha frente. E, se algum de vocês decidir que quer sair de vez, se algum de vocês decidir que o código de conduta humana e as regras da contenção civilizada que esta administração pretende aplicar com rigor a fim de manter a Winesburg íntegra não servem para machões como vocês — vou achar isso ótimo! Tratem de ir embora! Saiam! As ordens foram dadas! Empacotem sua insolência rebelde e deem o fora da Winesburg esta noite!"

O presidente Lentz havia pronunciado as palavras "diversão insensata" com tamanho desprezo que pareciam ser sinônimo de "assassinato premeditado". E tão evidente foi seu ódio à "insolência rebelde" que podia estar enunciando o nome de uma ameaça capaz de solapar não apenas a cidadezinha de Winesburg, Ohio, mas toda a grande nação.

SAINDO DE BAIXO

Aqui cessa a memória. Seringa após seringa de morfina injetada no braço do soldado raso Messner o haviam feito mergulhar num prolongado estado de profunda inconsciência, embora sem suprimir seus processos mentais. Desde pouco depois da meia-noite, tudo ficou num limbo com exceção de sua mente. Antes do momento da cessação, do momento em que ele não foi mais capaz de lembrar, a série de doses de morfina tinha, na verdade, enchido o tanque de seu cérebro de combustível mnemônico ao mesmo tempo que conseguira atenuar a dor dos ferimentos de baioneta que praticamente haviam decepado uma de suas pernas e destroçado os intestinos e órgãos genitais. Os buracos no alto do morro onde eles tinham vivido por uma semana atrás de rolos de arame farpado, em meio a uma cordilheira escarpada da Coreia central, haviam sido tomados durante a noite pelos chineses, deixando pedaços de corpos espalhados por toda parte. Quando suas metralhadoras Browning engasgaram, tudo acabou para Brunson, seu companheiro, e Messner — que nunca se vira cercado de tanto sangue desde os tempos de criança, quando assistia ao abate ritual de animais segundo a lei judaica. E a lâmina de aço que o retalhou era tão afiada e eficaz quanto qualquer uma das facas que eles usavam no açougue ao cortar e preparar a carne para os fregueses. As tentativas de dois enfermeiros de campanha para deter a hemorragia e fazer uma transfusão de sangue no soldado Messner comprovaram-se inúteis, e o cérebro, os rins, os pulmões e o coração — tudo entrou em colapso pouco após a madrugada do dia 31 de março de 1952. Agora ele estava realmente morto, saindo de baixo e muito além das lembranças induzidas pela morfina, vítima de seu derradeiro conflito, o mais feroz e horrível de todos. Eles cobriram seu rosto com o poncho, recolheram as granadas presas ao cinto que ele não teve chance de usar e correram de volta ao Brunson, o próximo a expirar.

Na luta pelo íngreme morro identificado apenas por um número na escarpada cordilheira da Coreia central, ambos os lados sofreram perdas tão vultosas que tornaram a batalha uma calamidade nascida do fanatismo, como foi, aliás, quase toda a guerra. Os poucos sobreviventes feridos e exaustos que não tinham sido mortos a golpes de baioneta ou despedaçados pelas explosões conseguiram se arrastar morro abaixo antes do amanhecer. Deixaram a Montanha do Massacre — tal como o morro numerado passou a ser conhecido nos relatos da nossa guerra do meio do século — coberta de cadáveres e tão vazia de vidas humanas quanto esteve durante muitos milhares de anos antes que surgisse uma justa causa para que um lado quisesse destruir o outro. Somente na companhia do soldado Messner, apenas doze de duzentos sobreviveram, e todos os que se salvaram estavam em prantos e enlouquecidos, inclusive o capitão de vinte e quatro anos que ocupava o comando e cujo rosto havia sido arrebentado com a coronha de um rifle utilizado como se fosse um bastão de beisebol. Do ataque comunista participaram mais de mil homens, dos quais entre oitocentos e novecentos morreram. Eles simplesmente chegavam em ondas e morriam, avançando ao som de cornetas que proclamavam "Erguei-vos, vós que vos recusais a serdes escravos!", recuando em meio a uma paisagem feita de corpos e árvores desgalhadas, metralhando seus feridos e todos os nossos que conseguiam localizar. As metralhadoras eram de fabricação russa.

Na tarde seguinte, nos Estados Unidos, dois soldados bateram à porta do apartamento do casal Messner em Newark a fim de comunicar que o filho único deles morrera em combate. O senhor Messner jamais se recuperou da notícia. Soluçando, disse para sua mulher: "Eu o avisei para tomar cuidado. Ele nunca me ouviu. Você me implorou para eu não passar a tranca na porta a fim de lhe dar uma lição. Mas não havia como lhe dar uma lição. A porta trancada não lhe ensinou nada. E agora ele se foi. Nosso menino se foi. Eu estava certo, Marcus, eu vi a coisa vindo — e agora você se foi para sempre! Não posso aguentar isso. Não vou sobreviver a isso". E não sobreviveu. Quando o açougue reabriu após o período de luto, ele nunca mais fez piadinhas com os fregueses. Ou ficava em silêncio enquanto trabalhava (exceto pela tosse), ou murmurava para quem quer que estivesse servindo: "Nosso filho morreu". Parou de fazer a barba com regularidade e já não penteava o cabelo; em breve, um pouco envergonhados, os fregueses começaram a procurar outro açougueiro *kosher* na vizinhança, enquanto um número maior deles passou a comprar a carne e as galinhas no supermercado. Certo dia, o senhor Messner prestou tão pouca atenção no que vinha fazendo que a faca escorregou num osso e a ponta penetrou em sua barriga, provocando um jorro de sangue e exigindo pontos para fechar o ferimento. Ao todo foram necessários dezoito meses para que a horrível perda do filho torturasse o pobre homem até matá-lo; é provável que tenha morrido uma década antes que o enfisema se tornasse suficientemente agudo para acabar com ele.

A mãe era forte e quase chegou aos cem anos, embora sua vida também tivesse sido arruinada. Não passava um dia sem que ela olhasse para a fotografia de formatura no ginásio de seu bonito garotão no porta-retratos que ficava sobre o aparador da sala de jantar e, em voz alta, perguntasse soluçante ao falecido marido: "Por que é que você o perseguiu tanto até fazer ele ir embora de casa? Um momento de raiva, e veja no que deu! Que diferença fazia a hora em que ele chegava em casa? Ao menos estava em casa ao voltar! E agora onde é que ele está? Onde é que você está, meu querido? Marcus, por favor, a porta está destrancada, volte para casa!". Caminhava então até a porta, a porta com a famosa tranca, e a abria, abria de todo, e lá ficava, em vão, esperando pela volta dele.

Sim, se não fosse isso e aquilo, estaríamos todos juntos e viveríamos para sempre e tudo teria um final feliz. Se não fosse seu pai, se não fosse Flusser, se não fosse Elwyn, se não fosse Caudwell, se não fosse Olivia! Se não fosse Cottler — se não fosse ele ter ficado amiguinho do arrogante Cottler! Se não fosse Cottler ter ficado amiguinho dele! Se não fosse ele ter deixado Cottler contratar Ziegler para substituí-lo na igreja! Se não fosse Ziegler ter sido apanhado! Se ele próprio tivesse ido à igreja! Se tivesse ido lá as quarenta vezes e assinado seu nome, ainda estaria vivo hoje, aposentando-se após toda uma carreira como advogado. Mas ele não podia! Não era nenhuma criança para acreditar num deus idiota qualquer! Não podia ouvir os hinos de merda deles! Não podia sentar-se na sagrada igreja deles! E as rezas, aquelas rezas de olhos fechados — superstição primitiva e putrefata! Nossa Tolice, que estás no Céu! A desgraça da religião, a imaturidade, a ignorância e a vergonha de tudo aquilo! Piedade lunática por nada! E então Caudwell lhe disse o que tinha de fazer. Caudwell chamou-o de volta a seu escritório e lhe disse que só o manteriam na Winesburg se ele pedisse desculpas por escrito ao presidente Lentz por haver contratado Marty Ziegler para comparecer à igreja em seu lugar; feito isso, ele próprio ainda teria de comparecer ao serviço não quarenta vezes, mas, à guisa tanto de instrução quanto de penitência, oitenta vezes, ou seja, praticamente todas as quartas-feiras pelo restante do curso universitário. Que escolha tinha Marcus, o que mais podia fazer senão, como o Messner que era, como o estudioso de Russell que era, bater com o punho na escrivaninha do diretor e lhe dizer pela segunda vez "Vai se foder"?

Sim, o popular e desafiador "Vai se foder" — e foi o que bastou ao filho do açougueiro, morto três meses antes de fazer vinte anos. Marcus Messner, 1932-52, o único de seus colegas suficientemente desafortunado para ser morto na Guerra da Coreia, que terminou com a assinatura de um armistício em 27 de julho de 1953, onze meses antes que Marcus, caso tivesse sido capaz de tolerar a igreja e manter a boca fechada, se formasse na Universidade Winesburg — muito provavelmente como orador da turma —, podendo assim postergar o aprendizado daquilo que seu pai, embora pouco educado, vinha fazendo tanta força para lhe ensinar havia muito tempo: a forma terrível e incompreensível pela qual nossas escolhas mais banais, fortuitas e até cômicas conduzem a resultados tão desproporcionais.

NOTA HISTÓRICA

Em 1969, as agitações sociais, transformações e protestos da turbulenta década de 1960 chegaram até a preconceituosa e apolítica Winesburg. No décimo oitavo aniversário da nevasca de novembro e do Ataque às Calcinhas Brancas, ocorreu uma sublevação imprevista durante a qual os rapazes ocuparam o escritório do diretor de alunos, e as garotas o escritório do diretor de alunas, todos pleiteando seus "direitos estudantis". O levante provocou o fechamento da universidade por uma semana, mas depois, quando as aulas foram reiniciadas, nenhum dos líderes de ambos os sexos — que haviam negociado o fim do movimento em troca de alternativas liberalizantes a serem implementadas pelos dirigentes da instituição — foi expulso ou suspenso. Pelo contrário, da noite para o dia — e para o horror apenas dos administradores já aposentados — a exigência de comparecimento ao serviço religioso foi suprimida, bem como quase todas as normas e restrições que regulavam a conduta dos estudantes e que, tendo vigido por mais de cem anos, haviam sido aplicadas com tamanho rigor tradicionalista durante os mandatos do presidente Lentz e do diretor Caudwell.

CRÉDITOS

O Hino Nacional da China aparece aqui numa tradução feita durante a Segunda Guerra Mundial de uma canção composta por Tian Han e Nieh Erh após a invasão japonesa de 1931; existem outras traduções dessa canção. No curso da guerra, ela foi cantada em muitos países aliados da China na luta contra o Império do Japão. Em 1949, foi adotada como Hino Nacional da República Popular da China.

A maior parte do diálogo atribuído a Marcus Messner nas páginas 73-4 é reproduzida praticamente *ipsis litteris* da palestra de Bertrand Russell "Why I Am Not a Christian" [Porque não sou um cristão], proferida em 6 de março de 1927 na Prefeitura de Battersea, Londres, e incluída na coletânea de ensaios publicada com o mesmo título pela Simon and Schuster em 1957; a coletânea foi editada por Paul Edwards e tem como principal tema a religião.

As citações nas páginas 113-4 são extraídas do capítulo 19 do livro *The Growth of the American Republic* [O desenvolvimento da República americana], quinta edição, de Samuel Eliot Morison e Henry Steele Commager (Oxford University Press, 1962).

P. R.

Em 1997, **Philip Roth** ganhou o prêmio Pulitzer por *Pastoral americana*. Em 1998, recebeu a National Medal of Arts na Casa Branca e, em 2002, conquistou a mais alta distinção da American Academy of Arts and Letters, a Gold Medal in Fiction. Recebeu duas vezes o National Book Award e o National Book Critics Circle Award, e três vezes o prêmio PEN/Faulkner. *Complô contra a América* foi premiado pela Society of American Historians em 2005. Roth recebeu dois prestigiosos prêmios da PEN: o PEN/Nabokov (2006) e o PEN/Saul Bellow (2007). Em 2011, ganhou o Man Booker International Prize e recebeu a National Humanities Medal na Casa Branca. É o único escritor americano vivo a ter sua obra completa publicada pela prestigiosa editora Library of America.

OBRAS PUBLICADAS PELA COMPANHIA DAS LETRAS

Adeus, Columbus
O animal agonizante
O avesso da vida
Casei com um comunista
O complexo de Portnoy
Complô contra a América
Entre nós
Fantasma sai de cena
Homem comum
A humilhação
Indignação
A marca humana
Nêmesis
Operação Shylock
Pastoral americana
Patrimônio
O professor do desejo
O teatro de Sabbath
Zuckerman acorrentado

1ª edição Companhia das Letras [2009] 4 reimpressões
1ª edição Companhia de Bolso [2017]

Esta obra foi composta pela Verba Editorial
em Janson Text e impressa pela Prol Editora Gráfica em ofsete
sobre papel Pólen Soft da Suzano Papel e Celulose

FSC
www.fsc.org
MISTO
Papel produzido a partir de fontes responsáveis
FSC® C012418

A marca FSC® é a garantia de que a madeira utilizada na fabricação do papel deste livro provém de florestas que foram gerenciadas de maneira ambientalmente correta, socialmente justa e economicamente viável, além de outras fontes de origem controlada.